中·医·诗·词·歌·诀·丛·书

# 龚廷贤 中医诗词歌赋

李东阳　李成文　主编



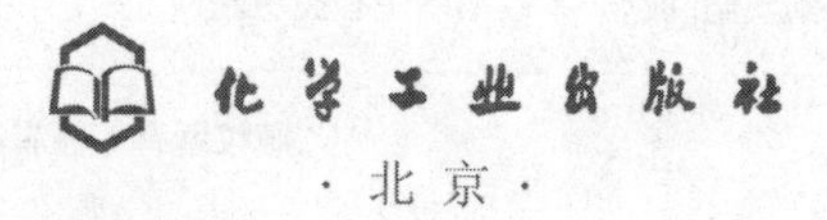

化学工业出版社

·北京·

## 内容简介

龚廷贤作为明代著名的医学家，著有多部中医学著作，尤其善用歌诀的形式精练概括中医诊疗理念和临床用药经验。其所编歌诀言简意赅，简明扼要，朗朗上口，易诵好记，深受读者喜爱。本书全面整理其所留医学著作，将中药歌诀、方剂歌诀、四诊歌诀、病机歌诀、内科歌诀、妇科歌诀、儿科歌诀、外科歌诀、五官科歌诀、针灸推拿歌诀，分别进行系统归纳，各以类从，便于读者背诵记忆，尤其适合中医入门学生使用。

**图书在版编目（CIP）数据**

龚廷贤中医诗词歌赋 / 李东阳，李成文主编. 北京 ：化学工业出版社，2024. 8. -- (中医诗词歌诀丛书). -- ISBN 978-7-122-45876-6

Ⅰ. I222

中国国家版本馆 CIP 数据核字第 2024WE7581 号

责任编辑：李少华　　装帧设计：张　辉
责任校对：赵懿桐

出版发行：化学工业出版社（北京市东城区青年湖南街 13 号　邮政编码 100011）
印　　装：河北延风印务有限公司
850mm×1168mm　1/32　印张 $9^{1}/_{2}$　字数 188 千字
2024 年 9 月北京第 1 版第 1 次印刷

购书咨询：010-64518888　　售后服务：010-64518899
网　　址：http://www.cip.com.cn
凡购买本书，如有缺损质量问题，本社销售中心负责调换。

定　　价：39.00 元

# 编写人员名单


**主　编**

李东阳　李成文

**副主编**

朱庆军　申旭辉　周春雷

**其他编写人员**

马凤丽　张睿彤　李沐涵
王旭晨

**丛书总主编**

李成文

# 前言

中医诗词歌赋是历代医家及文人借鉴文学表达手法，以诗人的烂漫情怀，将中医药抽象内容中最为重要的知识点用诗词歌赋体裁呈现，便于诵读记忆的作品。它以诗为载体，诗医结合，以诗颂医，提纲挈领，囊括新知，语言精练，言简意赅，朗朗上口，易诵好记，深受人们喜爱。为学习中医提供了新途径，为研究中医提供了文献资料。历代医家及文人给我们留下了大量的中医药诗词歌赋，明代著名医学家龚廷贤就是代表之一。

龚廷贤（1522—1619），字子才，号云林山人，明代江西金溪人。龚氏出身世医家庭，父龚信，字瑞之，号西园，精医术，曾供职于太医院。龚氏年少习儒，幼即留意岐黄，因屡试不第，乃随父学医，继承家学，遍览历代名医典籍，访贤寻师，与名家研讨医术，博采众长，临证强调辨证论治与专方专药结合，终成一代名医。行医长达六十多年，足迹遍及河南、黄河流域，曾任职太医院。著有《寿世保元》《万病回春》《种杏仙方》《云林神彀》《济世全书》《小儿推拿方脉活婴秘旨全书》《鲁府禁方》《复明眼方外科神验全书》《古今医鉴》等书。

龚氏为传播中医，还编纂了大量脍炙人口的诗词歌赋，散见于上述著作之中，不易浏览。后世有人将《万病回春·卷之一·药性歌》《寿世保元·本草门·药性歌括》中的中药内容析出，成为学习中药的入门书。

然而涉及方剂歌诀、四诊歌诀、病机歌诀、内科歌诀、妇科歌诀、儿科歌诀、外科歌诀、五官科歌诀、针灸推拿歌诀，至今没有进行深入系统的挖掘与整理，尚属于空白。

因此，我们组织专门团队，对龚氏著作进行全面挖掘，将其中药歌诀、方剂歌诀、四诊歌诀、病机歌诀、内科歌诀、妇科歌诀、儿科歌诀、外科歌诀、五官科歌诀、针灸推拿歌诀，分别进行归纳，各以类从，系统整理，纂为《龚廷贤中医诗词歌诀》，便于学习和应用，不仅有利于继承龚氏学术思想，为中国诗歌文化宝库增添新的内容，而且还有利于中医药文化的发扬光大。

中国中医药研究促进会
各家学说与临床研究分会会长
河南中医药大学原中医各家学说
教研室主任博士生导师
李成文

2024年4月

# 目录

# 总论

一、医学源流歌诀

二、医家十要歌诀

三、病家十要歌诀

## 一、医学源流歌诀

炎黄发源医祖，轩辕岐伯绳书，
雷公炮制别精粗，扁鹊神应桓主。
于懿治溺神效，仲景《伤寒》谁如，
华佗秘授当时无，又得叔和《脉》助，
皇甫仕安《甲乙》，葛洪《肘后》非殊，
真人思邈圣神途，慈藏药主恍悟。
——上调《西江月》
（龚廷贤《万病回春·卷之一·医学源流》）

## 二、医家十要歌诀

一存仁心，乃是良箴，博施济众，惠泽斯深。
二通儒道，儒医世宝，道理贵明，群书当考。
三精脉理，宜分表里，指下既明，沉疴可起。
四识病原，生死敢言，医家至此，始至专门。
五知气运，以明岁序，补泻温凉，按时处治。
六明经络，认病不错，脏腑洞然，今之扁鹊。
七识药性，立方应病，不辨温凉，恐伤性命。
八会炮制，火候详细，太过不及，安危所系。
九莫嫉妒，因人好恶，天理昭然，速当悔晤。
十勿重利，当存仁义，贫富虽殊，药施无二。
（《万病回春·云林暇笔·医家十要》）

## 三、病家十要歌诀

一择明医，于病有裨，不可不慎，生死相随。

二肯服药，诸病可却，有等愚人，自家担搁。

三宜早治，始则容易，履霜不谨，坚冰即至。

四绝空房，自然无疾，倘若犯之，神医无术。

五戒恼怒，必须省悟，怒则火起，难以救获。

六息妄想，须当静养，念虑一除，精神自爽。

七节饮食，调理有则，过则伤神，太饱难克。

八慎起居，交际当祛，稍若劳役，元气愈虚。

九莫信邪，信之则差，异端诳诱，惑乱人家。

十勿惜费，惜之何谓，请问君家，命财孰贵。

(《万病回春·云林暇笔·病家十要》)

# 第一章
# 中药歌诀

# 第一节 药性歌诀

阿胶甘温，止咳脓血，吐衄胎崩，虚羸可啜。要阿井者佳。蛤粉炒成珠。

（《寿世保元・本草门・药性歌括》）

编者注:《万病回春・卷之一・药性歌》也录有本药。

阿魏性温，除癥破结，却鬼杀虫，传尸可灭。

（《寿世保元・本草门・药性歌括》）

编者注:《万病回春・卷之一・药性歌》也录有本药。

艾叶温平，驱邪逐鬼，漏血安胎，心痛即愈。宜陈久者佳。揉烂，醋浸炒之。

（《寿世保元・本草门・药性歌括》）

编者注:《万病回春・卷之一・药性歌》注：陈久愈佳。

安息香辛，辟邪驱恶，逐鬼消蛊，鬼胎能落。黑黄色。烧香鬼惧，神效。

（《寿世保元・本草门・药性歌括》）

巴豆辛热，除胃寒积，破癥消痛，大能通利。一名江子，一名巴椒。反牵牛。去角，看证制用。

（《寿世保元・本草门・药性歌括》）

编者注:《万病回春・卷之一・药性歌》注：去皮心膜，或生或熟，听用。

巴戟辛甘，大补虚损，精滑梦遗，强筋固本。肉厚连珠者佳。酒浸，过宿捶去骨，晒干。俗名二艾草。

（《寿世保元·本草门·药性歌括》）

编者注:《万病回春·卷之一·药性歌》注：酒浸，捶去骨，晒干用。

白鹅肉甘，大补脏腑，最发疮毒，痼疾勿与。

（《寿世保元·本草门·药性歌括》）

白矾味酸，化痰解毒，治症多能，难以尽述。火煅过，名枯矾。

（《寿世保元·本草门·药性歌括》）

编者注:《万病回春·卷之一·药性歌》为：白矾味酸，善解诸毒，治症多能，难以尽述。

白附辛温，治面百病，血痹风疮，中风痰症。

（《寿世保元·本草门·药性歌括》）

编者注:《万病回春·卷之一·药性歌》为：白附辛温，治面百病，血痹风疮，中风诸症。

白鸽肉平，解诸药毒，能除疥疮，味胜猪肉。

（《寿世保元·本草门·药性歌括》）

白果甘苦，喘嗽白浊，点茶压酒，不可多嚼。一名银杏。

（《寿世保元·本草门·药性歌括》）

白及味苦，功专收敛，肿毒疮疡，外科最善。

（《寿世保元·本草门·药性歌括》）

编者注:《万病回春·卷之一·药性歌》也录有本药。

白芥子辛，专化胁痰，疟蒸痞块，服之能安。微炒。

（《寿世保元·本草门·药性歌括》）

编者注:《万病回春·卷之一·药性歌》也录有本药。

白蔻辛温，能却瘴翳，益气调元，止呕翻胃。去壳，取仁。

（《寿世保元·本草门·药性歌括》）

编者注:《万病回春·卷之一·药性歌》也录有本药。

白蔹微寒，儿疟惊痫，女阴肿痛，痈疔可啖。

（《寿世保元·本草门·药性歌括》）

白蜜甘平，入药炼熟，益气补中，润燥解毒。

（《万病回春·卷之一·药性歌》）

白芍酸寒，能收能补，泻痢腹痛，虚寒勿与。有生用者，有酒炒用者。

（《寿世保元·本草门·药性歌括》）

编者注:《万病回春·卷之一·药性歌》注：下利用炒；后重用生。

白术甘温，健脾强胃，止泻除湿，兼驱痰痞。去芦，淘米泔水洗，薄切，晒干，或陈东壁土炒。

（《寿世保元·本草门·药性歌括》）

编者注:《万病回春·卷之一·药性歌》注：去芦油。

白头翁温，散癥逐血，瘿疬疮疝，止痛百节。

（《寿世保元·本草门·药性歌括》）

白薇大寒，疗风治疟，人事不知，鬼邪堪却。

（《寿世保元·本草门·药性歌括》）

白芷辛温，阳明头痛，风热瘙痒，排脓通用。一名芳香。可作面脂。

(《寿世保元·本草门·药性歌括》)

编者注:《万病回春·卷之一·药性歌》也录有本药。

百部味甘，骨蒸劳瘵，杀疳蛔虫，久嗽功大。

(《寿世保元·本草门·药性歌括》)

百合味甘，安心定胆，止嗽消浮，痈疽可啖。

(《寿世保元·本草门·药性歌括》)

编者注:《万病回春·卷之一·药性歌》也录有本药。

柏子味甘，补心益气，敛汗扶阳，更疗惊悸。去壳取仁。即柏仁。

(《寿世保元·本草门·药性歌括》)

编者注:《万病回春·卷之一·药性歌》也录有本药。

斑蝥有毒，破血通经，诸疮瘰疬，水道能行。去头翅足，米炒熟用。

(《寿世保元·本草门·药性歌括》)

编者注:《万病回春·卷之一·药性歌》也录有本药。

半夏味辛，健脾燥湿，痰厥头痛，嗽呕堪入。一名守田。反乌头。滚水泡透，切片，姜汁炒。

(《寿世保元·本草门·药性歌括》)

编者注:《万病回春·卷之一·药性歌》注：生姜汤泡透，切片，再用姜汁浸，炒用。如治风痰，用牙皂、白矾、生姜煎汤泡透，炒干用。

薄荷味辛，最清头目，祛风化痰，骨蒸宜服。一名鸡苏。用姑苏龙脑者佳。辛香通窍，而散风热。

(《寿世保元·本草门·药性歌括》)

编者注:《万病回春·卷之一·药性歌》也录有本药。

贝母微寒，止嗽化痰，肺痈肺痿，开郁除烦。去心。黄白色、轻松者佳。

(《寿世保元·本草门·药性歌括》)

编者注:《万病回春·卷之一·药性歌》也录有本药。

贝子味咸，解肌散结，利水消肿，目翳清洁。

(《寿世保元·本草门·药性歌括》)

荜茇味辛，温中下气，痃癖阴疝，霍乱泻痢。

(《寿世保元·本草门·药性歌括》)

荜澄茄辛，除胀化食，消痰止哕，能逐邪气。系嫩胡椒，青时摘取者是。

(《寿世保元·本草门·药性歌括》)

萆薢甘苦，风寒湿痹，腰背冷痛，添精益气。白者为佳。酒浸，切片。

(《寿世保元·本草门·药性歌括》)

编者注:《万病回春·卷之一·药性歌》也录有本药。

蓖麻子辛，吸出滞物，涂顶肠收，涂足胎出。去壳，取仁。

(《寿世保元·本草门·药性歌括》)

萹蓄味苦，疥瘙疽痔，小儿蛔虫，女人阴蚀。

(《寿世保元·本草门·药性歌括》)

扁豆微凉，转筋吐泻，下气和中，酒毒能化。微炒。

（《寿世保元·本草门·药性歌括》）

编者注:《万病回春·卷之一·药性歌》也录有本药。

鳖甲酸平，劳嗽骨蒸，散瘀消肿，去痞除崩。去裙，蘸醋炙黄。

（《寿世保元·本草门·药性歌括》）

编者注:《万病回春·卷之一·药性歌》也录有本药。

鳖肉性冷，凉血补阴，癥瘕勿食，孕妇勿侵。合鸡子食杀人，合苋菜食即生鳖癥，切忌多食。

（《寿世保元·本草门·药性歌括》）

槟榔味辛，破气杀虫，祛痰逐水，专除后重。如鸡心者佳。

（《寿世保元·本草门·药性歌括》）

编者注:《万病回春·卷之一·药性歌》也录有本药。

蚕沙性温，湿痹瘾疹，瘫风肠鸣，消渴可饮。

（《寿世保元·本草门·药性歌括》）

苍耳子苦，疥癣细疮，驱风湿痹，瘙痒堪尝。一名枲耳。实多小刺。

（《寿世保元·本草门·药性歌括》）

苍术甘温，健脾燥湿，发汗宽中，更祛瘴疫。米泔水浸透，搓去黑皮，切片，炒干。

（《寿世保元·本草门·药性歌括》）

编者注:《万病回春·卷之一·药性歌》也录有本药。

草果味辛，消食除胀，截疟逐痰，解瘟辟瘴。去壳，取仁。

（《寿世保元·本草门·药性歌括》）

编者注:《万病回春·卷之一·药性歌》也录有本药。

草蔻辛温，治寒犯胃，作痛吐呕，不食能食。建宁有淡红花，内白色子，是真的。

（《寿世保元·本草门·药性歌括》）

编者注:《万病回春·卷之一·药性歌》也录有本药，最后一句为“不食能治”。

侧柏叶苦，吐衄崩痢，能生须眉，除湿之剂。

（《寿世保元·本草门·药性歌括》）

茶茗性苦，热渴能济，上清头目，下消食气。

（《寿世保元·本草门·药性歌括》）

编者注:《万病回春·卷之一·药性歌》也录有本药。

柴胡味苦，能泻肝火，寒热往来，疟疾均可。去芦。要北者佳。

（《寿世保元·本草门·药性歌括》）

编者注:《万病回春·卷之一·药性歌》也录有本药。

蝉蜕甘平，消风定惊，杀疳除热，退翳侵睛。

（《寿世保元·本草门·药性歌括》）

编者注:《万病回春·卷之一·药性歌》也录有本药。

蟾蜍气凉，杀疳蚀癖，瘟疫能治，疮毒可祛。

（《寿世保元·本草门·药性歌括》）

菖蒲性温，开心利窍，去痹除风，出声至妙。去毛。一寸九节者佳。忌铁器。

（《寿世保元・本草门・药性歌括》）

编者注:《万病回春・卷之一・药性歌》也录有本药。

常山苦寒，截疟除痰，解伤寒热，水胀能宽。酒浸，切片。

（《寿世保元・本草门・药性歌括》）

编者注:《万病回春・卷之一・药性歌》也录有本药。

车前子寒，溺涩眼赤，小便能通，大便能实。去壳。

（《寿世保元・本草门・药性歌括》）

编者注:《万病回春・卷之一・药性歌》也录有本药。

沉香降气，暖胃追邪，通天彻地，卫气堪夸。

（《万病回春・卷之一・药性歌》）

陈仓谷米，调和脾胃，解渴除烦，能止泻利。愈陈愈佳，粘米、陈粟米功同。

（《寿世保元・本草门・药性歌括》）

陈皮甘温，顺气宽膈，留白和胃，消痰去白。温水略洗，刮去穰。又名橘红。

（《寿世保元・本草门・药性歌括》）

编者注:《万病回春・卷之一・药性歌》注：用温水洗净。不可用水久泡，则滋味尽去。。

赤箭味苦，原号定风，杀鬼蛊毒，除疝疗痈。即天麻苗也。

（《寿世保元・本草门・药性歌括》）

赤芍酸寒，能泻能散，破血通经，产后勿犯。宜用生。

（《寿世保元·本草门·药性歌括》）

编者注:《万病回春·卷之一·药性歌》也录有本药。

赤石脂温，保固肠胃，溃疡生肌，涩精泻利。色赤粘舌为良。火煅，醋淬，研碎。

（《寿世保元·本草门·药性歌括》）

编者注:《万病回春·卷之一·药性歌》也录有本药。

樗根味苦，泻痢带崩，肠风痔漏，燥湿涩精。去粗皮，取白皮，切片，酒炒。

（《寿世保元·本草门·药性歌括》）

编者注:《万病回春·卷之一·药性歌》也录有本药。

楮实味甘，壮筋明目，益气补虚，阴痿当服。

（《寿世保元·本草门·药性歌括》）

川椒辛热，祛邪逐冷，明目杀虫，温而不猛。去目，微炒。

（《寿世保元·本草门·药性歌括》）

编者注:《万病回春·卷之一·药性歌》也录有本药。

川乌大热，搜风入骨，湿痹寒痛，破积之物。顶歪斜。制同附子。

（《寿世保元·本草门·药性歌括》）

编者注:《万病回春·卷之一·药性歌》也录有本药。

川芎性温，能止头疼，养新生血，开郁上行。不宜单服。久服，令人暴亡。

（《万病回春·卷之一·药性歌》）

慈姑辛苦，疗肿痈疽，恶疮瘾疹，蛇虺并施。

(《寿世保元・本草门・药性歌括》)

磁石味咸，专杀铁毒，若误吞针，系线即出。

(《寿世保元・本草门・药性歌括》)

刺猬皮苦，主医五痔，阴肿疝痛，能开胃气。

(《寿世保元・本草门・药性歌括》)

苁蓉味甘，峻补精血，若骤用之，更动便滑。酒洗，去鳞用，除心内膜筋。

(《寿世保元・本草门・药性歌括》)

编者注:《万病回春・卷之一・药性歌》也录有本药：苁蓉味甘，峻补精血，若骤用之，反动便滑。酒洗去浮用。

葱白辛温，发表出汗，伤寒头痛，肿痛皆散。忌与蜜同食。

(《寿世保元・本草门・药性歌括》)

编者注:《万病回春・卷之一・药性歌》也录有本药。

醋消肿毒，积瘕可去，产后金疮，血晕皆治。一名苦酒。用味酸者。

(《寿世保元・本草门・药性歌括》)

编者注:《万病回春・卷之一・药性歌》也录有本药。

大黄苦寒，实热积聚，蠲痰润燥，疏通便闭。

(《寿世保元・本草门・药性歌括》)

编者注:《万病回春・卷之一・药性歌》也录有本药：大黄苦寒，破血消瘀，快膈通阳，破除积聚。酒炒，上达巅顶；酒洗，中至胃脘；生用，下行。

大茴味辛，疝气脚气，肿痛膀胱，止呕开胃。即茴香子。

(《寿世保元·本草门·药性歌括》)

编者注:《万病回春·卷之一·药性歌》注：盐汤浸，炒。

大戟甘寒，消水利便，腹胀癥坚，其功瞑眩。反甘草。

(《寿世保元·本草门·药性歌括》)

编者注:《万病回春·卷之一·药性歌》注：反甘草、海藻。

大青气寒，伤寒热毒，黄汗黄疸，时疫宜服。

(《寿世保元·本草门·药性歌括》)

大蒜辛温，化肉消谷，解毒败痈，多用伤目。

(《寿世保元·本草门·药性歌括》)

编者注:《万病回春·卷之一·药性歌》也录有本药。

大小蓟苦，消肿破血，吐衄咯唾，崩漏可啜。

(《寿世保元·本草门·药性歌括》)

大枣味甘，调和百药，益气养脾，中满休嚼。

(《寿世保元·本草门·药性歌括》)

代赭石寒，下胎崩带，儿疳泻利，惊痫鬼怪。

(《寿世保元·本草门·药性歌括》)

丹参味苦，破积调经，生新去恶，祛除带崩。反藜芦。

(《寿世保元·本草门·药性歌括》)

编者注:《万病回春·卷之一·药性歌》也录有本药。

淡豆豉寒，能除懊侬，伤寒头痛，兼理瘴气。用江西淡豉，黑豆造者。

(《寿世保元·本草门·药性歌括》)

编者注:《万病回春·卷之一·药性歌》也录有本药。

当归甘温，生血补血，扶虚益损，逐瘀生新。酒浸，洗净，切片。体肥痰盛，姜汁浸晒。身养血，尾破血，全活血。

(《寿世保元·本草门·药性歌括》)

编者注:《万病回春·卷之一·药性歌》注：头，主血上行：身，养血中守；尾，破血下流；全，活血不走。酒浸，洗净。体肥痰盛，姜汁浸，晒干用。

灯草味甘，能利小水，癃闭成淋，湿肿为最。

(《寿世保元·本草门·药性歌括》)

编者注:《万病回春·卷之一·药性歌》也录有本药。

地肤子寒，去膀胱热，皮肤瘙痒，除湿甚捷。一名铁扫帚子。

(《寿世保元·本草门·药性歌括》)

编者注:《万病回春·卷之一·药性歌》也录有本药。

地骨皮寒，解肌退热，有汗骨蒸，强阴凉血。去骨。

(《寿世保元·本草门·药性歌括》)

编者注:《万病回春·卷之一·药性歌》也录有本药。

地榆沉寒，血热堪用，血痢带崩，金疮止痛。如虚寒水泻，切宜忌之。

(《寿世保元·本草门·药性歌括》)

编者注:《万病回春·卷之一·药性歌》注：胃弱者少用。

丁香辛热，能除寒呕，心腹疼痛，温胃可晓。公丁香如钉子长，母丁香如枣核大。

(《寿世保元·本草门·药性歌括》)

编者注:《万病回春·卷之一·药性歌》注：气血盛者，勿与丁香，以其益气也。

冬葵子寒，滑胎易产，癃利小便，善通乳难。即葵菜子。

(《寿世保元·本草门·药性歌括》)

兜铃苦寒，能熏痔漏，定喘消痰，肺热久嗽。去隔膜。根名青木香，散气。

(《寿世保元·本草门·药性歌括》)

编者注:《万病回春·卷之一·药性歌》也录有本药。

独活甘苦，颈项难舒，两足湿痹，诸风能除。一名独摇草，又名胡王使者。

(《寿世保元·本草门·药性歌括》)

编者注:《万病回春·卷之一·药性歌》也录有本药。

杜仲辛温，强筋壮骨，足痛腰疼，小便淋沥。去皮，酒和姜汁炒去丝。

编者注:《万病回春·卷之一·药性歌》也录有本药。

莪术温苦，善破痃癖，止渴消瘀，通经最宜。去根，火煨，切片，醋炒。

(《寿世保元·本草门·药性歌括》)

编者注:《万病回春·卷之一·药性歌》注：醋浸，炒。

防风甘温，能除头晕，骨节痹痛，诸风口噤。去芦。

(《寿世保元·本草门·药性歌括》)

编者注:《万病回春·卷之一·药性歌》也录有本药。

防己气寒，风湿脚痛，热积膀胱，消痈散肿。

(《寿世保元·本草门·药性歌括》)

编者注:《万病回春·卷之一·药性歌》注：去皮，酒浸，洗。

榧实味甘，主疗五痔，蛊毒三虫，不可多食。

(《寿世保元·本草门·药性歌括》)

枫香味辛，外科要药，瘙疮瘾疹，齿痛亦可。一名白胶香。

(《寿世保元·本草门·药性歌括》)

蜂房咸苦，惊痫瘈疭，牙痛肿毒，瘰疬肺痈。

(《寿世保元·本草门·药性歌括》)

编者注:《万病回春·卷之一·药性歌》也录有本药。

伏龙肝温，治疫安胎，吐气咳逆，心烦妙哉。取年深色变褐者佳。

(《寿世保元·本草门·药性歌括》)

茯苓味淡，渗湿利窍，白化痰涎，赤通水道。去黑皮。中有赤筋，要去净，不损人目。

(《寿世保元·本草门·药性歌括》)

编者注:《万病回春·卷之一·药性歌》注：去皮。

茯神补心，善镇惊悸，恍惚健忘，兼除怒恚。去皮木。

(《寿世保元·本草门·药性歌括》)

编者注:《万病回春·卷之一·药性歌》也录有本药。

附子辛热，性走不守，四肢厥冷，回阳功有。皮黑，头正圆，一两一枚者佳。面裹火煨，去皮脐，童便浸一宿，慢火煮，晒干，密封，旋切片用。亦有该用生者。

(《寿世保元·本草门·药性歌括》)

编者注:《万病回春·卷之一·药性歌》也录有本药。注：

厥冷回阳用生；引诸药行经用面裹火煨，去皮脐，切四片，用童便浸透，晒干。

腹皮微温，能下膈气，安胃健脾，浮肿消去。多有鸡粪毒，用黑豆汤洗净。

(《寿世保元·本草门·药性歌括》)

编者注:《万病回春·卷之一·药性歌》注：此有鸩粪毒，用黑豆汁洗净，晒干。

覆盆子甘，肾损精竭，黑须明眸，补虚续绝。去蒂。

(《寿世保元·本草门·药性歌括》)

甘草甘温，调和诸药，炙则温中，生则泻火。一名国老，能解百毒，反甘遂、海藻、大戟、芫花。

(《寿世保元·本草门·药性歌括》)

编者注:《万病回春·卷之一·药性歌》注：解百药毒，反甘遂、海藻、大戟、芫花。梢，去尿管涩痛；节，消痈、疽、厥、肿；子，除胸热；身，生炙随用。

甘松味香，善除恶气，治体香肌，心腹痛已。

(《寿世保元·本草门·药性歌括》)

编者注:《万病回春·卷之一·药性歌》也录有本药。

甘遂苦寒，破癥消痰，面浮蛊胀，利水能安。反甘草。

(《寿世保元·本草门·药性歌括》)

编者注:《万病回春·卷之一·药性歌》也录有本药。

干姜味辛，表解风寒，炮苦逐冷，虚热尤堪。纸包水浸，火煨。切片，慢火炒至极黑。亦有生用者。

(《寿世保元·本草门·药性歌括》)

编者注:《万病回春·卷之一·药性歌》也录有本药。

干漆辛温，通经破瘕，追积杀虫，效如奔马。捣，炒令烟尽，生则损人伤胃。

（《寿世保元・本草门・药性歌括》）

编者注：《万病回春・卷之一・药性歌》也录有本药：干漆辛温，通经破瘕，追积杀蛊，效如奔马。炒。

藁本气温，除头巅顶，寒湿可去，风邪可屏。去芦。

（《寿世保元・本草门・药性歌括》）

编者注：《万病回春・卷之一・药性歌》也录有本药。

葛根味苦，祛风发散，温疟往来，止渴解酒。白粉者佳。

（《寿世保元・本草门・药性歌括》）

编者注：《万病回春・卷之一・药性歌》也录有本药。

钩藤微寒，疗儿惊痫，手足瘛疭，抽搐口眼。苗类钓钩，故曰钓藤。

（《寿世保元・本草门・药性歌括》）

狗脊味甘，酒蒸入剂，腰背膝痛，风寒湿痹。根类金毛狗脊。

（《寿世保元・本草门・药性歌括》）

枸杞甘温，添精补髓，明目祛风，阴兴阳起。紫熟味甘膏润者佳。去根蒂。

（《寿世保元・本草门・药性歌括》）

编者注：《万病回春・卷之一・药性歌》注：酒洗。

谷精草辛，牙齿风痛，口疮咽痹，眼翳通用。一名戴星草。

（《寿世保元・本草门・药性歌括》）

骨碎补温，折伤骨节，风血积痛，最能破血。去毛。即胡孙良姜。

(《寿世保元·本草门·药性歌括》)

瓜蒂苦寒，善能吐痰，消身肿胀，并治黄疸。即北方甜瓜蒂也，一名苦丁香。散用则吐，丸用则泻。

(《寿世保元·本草门·药性歌括》)

编者注:《万病回春·卷之一·药性歌》也录有本药。

瓜蒌仁寒，宁嗽化痰，伤寒结胸，解渴止烦。去壳，用仁，重纸包，砖压糁之，只一度，去油用。

(《寿世保元·本草门·药性歌括》)

龟甲味甘，滋阴补肾，逐瘀续筋，更医颅囟。即败龟板。

(《寿世保元·本草门·药性歌括》)

编者注:《万病回春·卷之一·药性歌》也录有本药。

鬼箭羽苦，通经堕胎，杀虫祛结，驱邪除乖。一名卫茅。

(《寿世保元·本草门·药性歌括》)

鬼臼有毒，辟瘟除恶，虫毒鬼疰，风邪可却。

(《寿世保元·本草门·药性歌括》)

桂枝小梗，横行手臂，止汗舒筋，治手足痹。

(《寿世保元·本草门·药性歌括》)

编者注:《万病回春·卷之一·药性歌》也录有本药。

蛤蚧味咸，肺痿血咯，传尸劳疰，邪魅可却。

(《寿世保元·本草门·药性歌括》)

蛤蜊肉冷，能止消渴，酒毒堪除，开胃顿豁。

(《寿世保元·本草门·药性歌括》)

海粉味咸，大治顽痰，妇人白带，咸能软坚。即海石。火煅，研。如无，以蚌粉代之。

（《寿世保元·本草门·药性歌括》）

海蛤味咸，清热化痰，胸痛水肿，坚软结散。

（《寿世保元·本草门·药性歌括》）

海螵蛸咸，漏下赤白，癥瘕惊气，阴肿可得。一名乌贼鱼骨。

（《寿世保元·本草门·药性歌括》）

编者注:《万病回春·卷之一·药性歌》也录有本药：海螵蛸咸，破血除癥，通经水肿，目翳心疼。

海桐皮苦，霍乱久痢，疳𧑬疥癣，牙痛亦治。

（《寿世保元·本草门·药性歌括》）

海藻咸寒，消瘿散疬，除胀破癥，利水通闭。与海带、昆布散结溃坚功同。反甘草。

（《寿世保元·本草门·药性歌括》）

编者注:《万病回春·卷之一·药性歌》注：反甘草。

旱莲草甘，乌须黑发，赤痢堪止，血流可截。

（《寿世保元·本草门·药性歌括》）

诃子味苦，涩肠止利，痰嗽喘急，降火敛肺。又名诃藜勒。六棱黑色者佳。火煨，去核。

（《寿世保元·本草门·药性歌括》）

编者注:《万病回春·卷之一·药性歌》也录有本药。

合欢味甘，利人心志，安脏明目，快乐无虑。即交枝树。

（《寿世保元·本草门·药性歌括》）

何首乌甘，添精种子，黑发悦颜，长生不死。赤白兼用。泔浸，过一宿捣碎。

(《寿世保元·本草门·药性歌括》)

编者注:《万病回春·卷之一·药性歌》注：忌犯铁器，九蒸九晒用之。

鹤虱味苦，杀虫追毒，心腹卒痛，蛔虫堪逐。

(《寿世保元·本草门·药性歌括》)

黑铅味甘，止呕反胃，鬼疰瘿瘤，安神定志。

(《寿世保元·本草门·药性歌括》)

红花辛温，最消瘀热，多则通经，少则养血。

(《寿世保元·本草门·药性歌括》)

编者注:《万病回春·卷之一·药性歌》也录有本药。

厚朴苦温，消胀泄满，痰气下利，其功不缓。要厚，如紫莹者佳，去粗皮，姜汁炒。

(《寿世保元·本草门·药性歌括》)

编者注:《万病回春·卷之一·药性歌》注：去粗皮，姜汁浸，炒，亦有生用者。

胡巴温暖，补肾脏虚，膀胱诸疝，胀痛皆除。

(《万病回春·卷之一·药性歌》)

胡黄连苦，治劳骨蒸，小儿疳痢，盗汗虚惊。折断一线烟出者佳。忌猪肉。

(《寿世保元·本草门·药性歌括》)

编者注:《万病回春·卷之一·药性歌》也录有本药。

胡椒味辛，心腹冷痛，下气温中，跌仆堪用。

(《寿世保元·本草门·药性歌括》)

编者注:《万病回春·卷之一·药性歌》也录有本药。

胡麻仁甘，疗肿恶疮，熟补虚损，筋壮力强。一名巨胜。黑者佳。

(《寿世保元·本草门·药性歌括》)

胡荽味辛，上止头痛，内消谷食，痘疹发生。

(《寿世保元·本草门·药性歌括》)

胡桃肉甘，补肾黑发，多食生痰，动气之物。

(《寿世保元·本草门·药性歌括》)

琥珀味甘，安魂定魄，破瘀消癥，利水通涩。拾起草芥者佳。

(《寿世保元·本草门·药性歌括》)

编者注:《万病回春·卷之一·药性歌》也录有本药：琥珀味甘，安魂定魄，破瘀消癥，利水通塞。

花蕊石寒，善止诸血，金疮血流，产后血泄。火煅，研。

(《寿世保元·本草门·药性歌括》)

花蛇温毒，瘫痪㖞斜，大风疥癞，诸毒称佳。两鼻孔，四獠牙，头戴二十四朵花，尾上有个佛指甲是。出蕲州者佳。

(《寿世保元·本草门·药性歌括》)

编者注:《万病回春·卷之一·药性歌》也录有本药：花蛇温毒，瘫痪㖞斜，大风癞疥，诸毒弥佳。

滑石沉寒，滑能利窍，解渴除烦，湿热可疗。细腻洁白者佳，粗纹青黑者勿用。研末，以水飞过。

(《寿世保元·本草门·药性歌括》)

编者注:《万病回春·卷之一·药性歌》注：白色者佳，杂色者毒。

槐花味苦，痔漏肠风，大肠热痢，更杀蛔虫。

(《寿世保元·本草门·药性歌括》)

编者注:《万病回春·卷之一·药性歌》也录有本药。

槐实味苦，阴疮湿痒，五痔肿痛，止涎极莽。即槐角黑子也。

(《寿世保元·本草门·药性歌括》)

黄柏苦寒，降火滋阴，骨蒸湿热，下血堪任。去粗皮，或生、或酒、或蜜、或童便、或乳汁炒。一名黄蘗。

(《寿世保元·本草门·药性歌括》)

编者注:《万病回春·卷之一·药性歌》注：去粗皮，切片。蜜炒、酒炒、人乳炒、童便炒、或生用，随病用之。

黄荆子苦，善治咳逆，骨节寒热，能下肺气。又名荆实。

(《寿世保元·本草门·药性歌括》)

黄精味甘，能安脏腑，五劳七伤，此药大补。与钩吻略同，切勿误用。洗净，九蒸九晒。

(《寿世保元·本草门·药性歌括》)

编者注:《万病回春·卷之一·药性歌》注：洗净，九蒸九晒用之。钩吻略同，切，勿误用。

黄连味苦，泻心除痞，清热明眸，厚肠止痢。去须，下火童便、痰火姜汁、伏火盐汤、气滞火吴萸、肝胆火猪胆、实火朴硝、虚火酒炒。

(《寿世保元·本草门·药性歌括》)

编者注:《万病回春·卷之一·药性歌》注：去须。生用，泻心清热；酒炒，厚肠胃；姜制，止呕吐。

黄芪性温，收汗固表，托疮生肌，气虚莫少。绵软如箭杆者。疮疡，生用。补虚，蜜水炒用。

（《寿世保元·本草门·药性歌括》）

编者注:《万病回春·卷之一·药性歌》注：得防风，其功愈大，用绵软箭干者，以蜜水浸，炒用之。

黄芩苦寒，枯泻肺火，子清大肠，湿热皆可。去皮、枯朽，或生、或酒炒。

（《寿世保元·本草门·药性歌括》）

编者注:《万病回春·卷之一·药性歌》注：去皮。朽枯飘者，治上焦；条实者，治下焦。

火麻味甘，下乳催生，润肠通结，小水能行。微炒，砖擦去壳，取仁。

（《寿世保元·本草门·药性歌括》）

编者注:《万病回春·卷之一·药性歌》也录有本药。

藿香辛温，能止呕吐，发散风寒，霍乱为主。或用叶，或用梗，或梗叶兼用者。

（《寿世保元·本草门·药性歌括》）

编者注:《万病回春·卷之一·药性歌》也录有本药。

鸡内金寒，溺遗精泄，禁利漏崩，更除烦热。

（《寿世保元·本草门·药性歌括》）

蒺藜味苦，疗疮瘙痒，白癜头疮，翳除目朗。
(《寿世保元·本草门·药性歌括》)
编者注:《万病回春·卷之一·药性歌》也录有本药。

寄生甘苦，腰痛顽麻，续筋壮骨，风湿尤佳。要桑寄生。
(《寿世保元·本草门·药性歌括》)
编者注:《万病回春·卷之一·药性歌》也录有本药。

鲫鱼味甘，和中补虚，理胃进食，肠澼泻利。
(《寿世保元·本草门·药性歌括》)
姜黄味辛，消痈破血，心腹结痛，下气最捷。
(《寿世保元·本草门·药性歌括》)
编者注:《万病回春·卷之一·药性歌》注：大者为姜黄。

浆水味酸，酷热当茶，除烦消食，泻利堪夸。
(《寿世保元·本草门·药性歌括》)
僵蚕味咸，诸风惊痫，湿痰喉痹，疮毒瘢痕。去丝嘴、炒。
(《寿世保元·本草门·药性歌括》)
编者注:《万病回春·卷之一·药性歌》也录有本药。

芥菜味辛，除邪通鼻，能利九窍，多食通气。
(《寿世保元·本草门·药性歌括》)
金沸草寒，消痰止嗽，明目祛风，逐水尤妙。一名旋覆花，一名金钱花。
(《寿世保元·本草门·药性歌括》)
编者注:《万病回春·卷之一·药性歌》也录有本药。

金屑味甘，善安魂魄，癫狂惊痫，调和血脉。
(《寿世保元·本草门·药性歌括》)

金银花甘，疗痈无对，未成则散，已成则溃。一名忍冬，一名鹭鸶藤，一名金钗股，一名老翁须。

（《寿世保元·本草门·药性歌括》）

编者注:《万病回春·卷之一·药性歌》也录有本药。

金樱子甘，梦遗精滑，禁止遗尿，寸白虫杀。霜后红熟，去核。

（《寿世保元·本草门·药性歌括》）

京墨味辛，吐衄下血，产后崩中，止血甚捷。

（《寿世保元·本草门·药性歌括》）

荆芥味辛，能清头目，表汗祛风，治疮消瘀。一名假苏。用穗。又能止冷汗虚汗。

（《寿世保元·本草门·药性歌括》）

编者注:《万病回春·卷之一·药性歌》也录有本药。

韭味辛温，祛除胃热，汁清血瘀，子医梦泄。

（《寿世保元·本草门·药性歌括》）

编者注:《万病回春·卷之一·药性歌》也录有本药。

酒通血脉，消愁遣兴，少饮壮神，过多损命。用无灰者。凡煎药入酒，药热方入。

（《寿世保元·本草门·药性歌括》）

编者注:《万病回春·卷之一·药性歌》也录有本药：酒通血脉，消愁遣兴，少饮壮神，过则损命。

桔梗味苦，疗咽肿痛，载药上升，开胸利壅。去芦。洁白者佳。

（《寿世保元·本草门·药性歌括》）

编者注:《万病回春·卷之一·药性歌》也录有本药。

菊花味甘，除热祛风，头晕目赤，收泪殊功。家园内味甘黄小者佳。去梗。

(《寿世保元·本草门·药性歌括》)

编者注:《万病回春·卷之一·药性歌》注：家园内黄菊小花，甘甜者佳，酒浸晒干用。

卷柏味苦，癥瘕血闭，风眩痿躄，更驱鬼疰。

(《寿世保元·本草门·药性歌括》)

决明子甘，能祛肝热，目痛收泪，仍止鼻血。

(《寿世保元·本草门·药性歌括》)

编者注:《万病回春·卷之一·药性歌》也录有本药。

空青气寒，治眼通灵，青盲赤肿，去暗回明。

(《寿世保元·本草门·药性歌括》)

苦参味苦，痈肿疮疥，下血肠风，眉脱赤癞。反藜芦。

(《寿世保元·本草门·药性歌括》)

编者注:《万病回春·卷之一·药性歌》也录有本药。

龙胆苦寒，疗眼赤痛，下焦湿肿，肝经热烦。

(《寿世保元·本草门·药性歌括》)

编者注:《万病回春·卷之一·药性歌》也录有本药。

款花甘温，理肺消痰，肺痈喘咳，补劳除烦。要嫩茸，去木。

(《寿世保元·本草门·药性歌括》)

编者注:《万病回春·卷之一·药性歌》也录有本药。

葵花味甘，带痢两功，赤治赤者，白治白同。

(《寿世保元·本草门·药性歌括》)

莱菔根甘，下气消谷，痰癖咳嗽，兼解面毒。俗云萝卜。

(《寿世保元·本草门·药性歌括》)

莱菔子辛，喘咳下气，倒壁冲墙，胀满消去。即萝卜子。

(《寿世保元·本草门·药性歌括》)

狼毒味辛，破积瘕癥，恶疮鼠瘘，杀毒鬼精。

(《寿世保元·本草门·药性歌括》)

雷丸味苦，善杀诸虫，癫痫蛊毒，治儿有功。赤者杀人，白者佳。甘草煎水泡一宿。

(《寿世保元·本草门·药性歌括》)

梨味甘酸，解酒除渴，止嗽消痰，善驱烦热。勿多食，令人寒中作泻。产妇、金疮属血虚，切忌。

(《寿世保元·本草门·药性歌括》)

藜芦味辛，最能发吐，肠澼泻痢，杀虫消蛊。取根，去头。用川黄连为使，恶大黄，畏葱白，反芍药、细辛、人参、沙参、玄参、丹参、苦参，切忌同用。

(《寿世保元·本草门·药性歌括》)

鲤鱼味甘，消水肿满，下气安胎，其功不缓。

(《寿世保元·本草门·药性歌括》)

连翘苦寒，能消痈毒，气聚血凝，湿热堪逐。去梗心。

(《寿世保元·本草门·药性歌括》)

编者注:《万病回春·卷之一·药性歌》也录有本药。注：去心。

莲肉味甘，健脾理胃，止泻涩精，清心养气。

编者注:《万病回春·卷之一·药性歌》也录有本药。

莲须味甘，益肾乌须，涩精固髓，悦颜补虚。

(《寿世保元·本草门·药性歌括》)

莲子味甘，健脾理胃，止泻涩精，清心养气。食不去心，恐成卒暴霍乱。

(《寿世保元·本草门·药性歌括》)

楝根性寒，能追诸虫，疼痛立止，积聚立通。

(《寿世保元·本草门·药性歌括》)

编者注:《万病回春·卷之一·药性歌》也录有本药。

楝子苦寒，膀胱疝气，中湿伤寒，利水之剂。即金铃子。酒浸，蒸，去皮核。

(《寿世保元·本草门·药性歌括》)

编者注:《万病回春·卷之一·药性歌》也录有本药。

良姜性热，下气温中，转筋霍乱，酒食能攻。结实秋收，名红豆蔻，善解酒毒，余治同。

(《寿世保元·本草门·药性歌括》)

编者注:《万病回春·卷之一·药性歌》也录有本药。

灵砂性温，能通血脉，杀鬼辟邪，安魂定魄。系水银、硫黄水火炼成形者。

(《寿世保元·本草门·药性歌括》)

编者注:《万病回春·卷之一·药性歌》也录有本药。

羚羊角寒，明目清肝，却惊解毒，神智能安。

（《寿世保元·本草门·药性歌括》）

编者注:《万病回春·卷之一·药性歌》也录有本药。

硫黄性热，扫除疥疮，壮阳逐冷，寒邪敢当。

（《寿世保元·本草门·药性歌括》）

编者注:《万病回春·卷之一·药性歌》也录有本药。

龙骨味甘，梦遗精泄，崩带肠痈，惊痫风热。火煅。

（《寿世保元·本草门·药性歌括》）

编者注:《万病回春·卷之一·药性歌》也录有本药。

龙脑味辛，目痛头痹，狂躁妄语，真为良剂。即冰片。

（《寿世保元·本草门·药性歌括》）

编者注:《万病回春·卷之一·药性歌》也录有本药：龙脑味辛，目痛喉痹，狂躁妄语，真为良剂。

龙眼味甘，归脾益智，健忘怔忡，聪明广记。

（《寿世保元·本草门·药性歌括》）

蝼蛄味咸，治十水肿，上下左右，效不旋踵。

（《寿世保元·本草门·药性歌括》）

漏芦性温，祛恶疮毒，补血排脓，生肌长肉。一名野兰。

（《寿世保元·本草门·药性歌括》）

编者注:《万病回春·卷之一·药性歌》也录有本药。

芦荟气寒，杀虫消疳，癫痫惊搐，服之即安。

（《寿世保元·本草门·药性歌括》）

编者注:《万病回春·卷之一·药性歌》也录有本药。

鹿角胶温，吐衄虚羸，跌仆伤损，崩带安胎。

(《寿世保元·本草门·药性歌括》)

鹿茸甘温，益气滋阴，泄精尿血，崩带堪任。燎去毛，或酒或酥炙，令脆。

(《寿世保元·本草门·药性歌括》)

编者注:《万病回春·卷之一·药性歌》也录有本药。

驴肉微寒，安心解烦，能发痼疾，以动风淫。

(《寿世保元·本草门·药性歌括》)

绿豆气寒，能解百毒，止渴除烦，诸热可服。

(《寿世保元·本草门·药性歌括》)

麻黄味辛，解表出汗，身热头痛，风寒发散。去根节，宜陈久。止汗用根。

(《寿世保元·本草门·药性歌括》)

编者注:《万病回春·卷之一·药性歌》也录有本药。

麻油性冷，善解诸毒，百病能除，功难悉述。

(《寿世保元·本草门·药性歌括》)

马鞭味甘，破血通经，癥瘕痞块，服之最灵。

(《寿世保元·本草门·药性歌括》)

马齿苋寒，青盲白翳，利便杀虫，癥痈咸治。

(《寿世保元·本草门·药性歌括》)

马肉味辛，堪强腰脊，自死老死，并弃勿食。好肉少食，宜醇酒下，无酒杀人。怀孕、痢疾、生疮者，禁食。

(《寿世保元·本草门·药性歌括》)

麦门甘寒，解渴祛烦，补心清肺，虚热自安。水浸，去心用，不令人烦。

(《寿世保元·本草门·药性歌括》)

编者注:《万病回春·卷之一·药性歌》注：温水渍，去心，不令人心烦。

麦芽甘温，能消宿食，心腹膨胀，行血散滞。炒。孕妇勿用，恐堕胎元。

(《寿世保元·本草门·药性歌括》)

编者注:《万病回春·卷之一·药性歌》注：用大麦生芽炒用。

鳗鲡鱼甘，劳瘵杀虫，痔漏疮疹，崩疾有功。

(《寿世保元·本草门·药性歌括》)

蔓荆子苦，头痛能医，拘挛湿痹，泪眼堪除。微炒，研碎，去筋。

(《寿世保元·本草门·药性歌括》)

编者注:《万病回春·卷之一·药性歌》也录有本药。

芒硝苦寒，实热积聚，蠲痰润燥，疏通便闭。即朴硝用再煎炼，倾入盆内，结成芒硝也。

编者注:《万病回春·卷之一·药性歌》也录有本药。

茅根味甘，通关逐瘀，止吐衄血，客热可去。

(《寿世保元·本草门·药性歌括》)

没食子苦，益血生精，染发最妙，禁痢极灵。即无食子。

(《寿世保元·本草门·药性歌括》)

没药温平，治疮止痛，跌打损伤，破血通用。

(《寿世保元·本草门·药性歌括》)

编者注:《万病回春·卷之一·药性歌》也录有本药。

密蒙花甘，主能明目，虚翳青盲，服之效速。酒洗，蒸过，晒干。

(《寿世保元·本草门·药性歌括》)

编者注:《万病回春·卷之一·药性歌》也录有本药。

密陀僧咸，止痢医痔，能除白瘢，诸疮可治。

(《寿世保元·本草门·药性歌括》)

牡丹苦寒，破血通经，血分有热，无汗骨蒸。去骨。

(《寿世保元·本草门·药性歌括》)

编者注:《万病回春·卷之一·药性歌》也录有本药。

牡蛎微寒，涩精止汗，带崩胁痛，老痰祛散。左顾大者佳。火煅红，研。

(《寿世保元·本草门·药性歌括》)

编者注:《万病回春·卷之一·药性歌》注：火煅，左顾者佳。

木鳖甘寒，能追疮毒，乳痈腰痛，消肿最速。

(《寿世保元·本草门·药性歌括》)

编者注:《万病回春·卷之一·药性歌》注：去壳。

木瓜味酸，湿肿脚气，霍乱转筋，足膝无力。酒洗。

(《寿世保元·本草门·药性歌括》)

编者注:《万病回春·卷之一·药性歌》也录有本药。

木律大寒，口齿圣药，瘰疬能治，心烦可却。一名胡桐泪。

(《寿世保元·本草门·药性歌括》)

木通性寒，小肠热闭，利窍通经，最能导滞。去皮，切片。

（《寿世保元·本草门·药性歌括》）

编者注:《万病回春·卷之一·药性歌》也录有本药。注：去皮。

木香微温，散滞和胃，诸风能调，行肝泻肺。形如枯木，苦口粘牙者佳。

（《寿世保元·本草门·药性歌括》）

编者注:《万病回春·卷之一·药性歌》也录有本药：木香微温，散滞和胃，诸气能调，行肝泻肺。

木贼味甘，益肝退翳，能止月经，更消积聚。

（《寿世保元·本草门·药性歌括》）

编者注:《万病回春·卷之一·药性歌》也录有本药。

南星性热，能治风痰，破伤强直，风搐自安。姜汤泡透，切片用。或为末，装入牛胆内，名曰牛胆南星。

（《寿世保元·本草门·药性歌括》）

编者注:《万病回春·卷之一·药性歌》也录有本药：南星性热，能治风痰，破伤跌打，风疾皆安。生姜汤泡透，切片，姜汁浸，炒。用一两研末，腊月黑牯牛胆，将末入，搅匀，悬风处吹干，名牛胆南星。

硇砂有毒，溃痈烂肉，除翳生肌，破癥消毒。水飞去土石。生用败肉，火煅可用。

（《寿世保元·本草门·药性歌括》）

编者注:《万病回春·卷之一·药性歌》也录有本药。

牛黄味苦，大治风痰，定魄安魂，惊痫灵丹。

（《寿世保元·本草门·药性歌括》）

编者注:《万病回春·卷之一·药性歌》也录有本药。

牛肉属土，补脾胃弱，乳养虚羸，善滋血涸。

（《寿世保元·本草门·药性歌括》）

牛膝味苦，除湿痹痿，腰膝酸痛，小便淋沥。怀庆者佳。去芦，酒洗。

（《寿世保元·本草门·药性歌括》）

编者注:《万病回春·卷之一·药性歌》也录有本药：牛膝味苦，除湿痹痿，腰膝酸痛，益阴补髓。去芦，酒洗用。

女贞实苦，黑发乌须，强筋壮力，去风补虚。一名冬青子。

（《寿世保元·本草门·药性歌括》）

藕味甘甜，解酒清热，消烦逐瘀，止吐衄血。

（《寿世保元·本草门·药性歌括》）

螃蟹味咸，散血解结，益气养筋，除胸烦热。

（《寿世保元·本草门·药性歌括》）

硼砂味辛，疗喉肿痛，膈上热痰，噙化立中。大块光莹者佳。

（《寿世保元·本草门·药性歌括》）

编者注:《万病回春·卷之一·药性歌》也录有本药。

砒霜大毒，风痰可吐，截疟除哮，能消沉痼。一名人言，一名信。所畏绿豆、冷水、米醋、羊肉，误中毒，服其中一味即解。

（《寿世保元·本草门·药性歌括》）

编者注:《万病回春·卷之一·药性歌》也录有本药。

枇杷叶苦，偏理肺脏，吐秽不已，解酒清上。布拭去毛。

（《寿世保元·本草门·药性歌括》）

破故纸温，腰膝酸痛，兴阳固精，盐酒炒用。一名补骨脂。盐酒洗，妙。

（《寿世保元·本草门·药性歌括》）

编者注:《万病回春·卷之一·药性歌》也录有本药。注：即补骨脂。

蒲公英苦，溃坚消肿，结核能除，食毒堪用。一名黄花地丁草。

（《寿世保元·本草门·药性歌括》）

蒲黄味苦，逐瘀止崩，补血须炒，破血用生。

（《寿世保元·本草门·药性歌括》）

编者注:《万病回春·卷之一·药性歌》也录有本药。

牵牛苦寒，利水消肿，蛊胀痃癖，散滞除壅。黑者属水力速，白者属金效迟，并取头末用。

（《寿世保元·本草门·药性歌括》）

编者注:《万病回春·卷之一·药性歌》注：妊娠忌服。黑者属水，力速；白者属金，效迟。研烂取头末用。

前胡微寒，宁嗽化痰，寒热头痛，痞闷能安。去芦。要软者佳。

（《寿世保元·本草门·药性歌括》）

编者注:《万病回春·卷之一·药性歌》也录有本药。注：去芦毛，软者佳。

芡实味甘，能益精气，腰膝酸痛，皆主湿痹。一名鸡头。去壳，取仁。

（《寿世保元·本草门·药性歌括》）

茜草味苦，蛊毒吐血，经带崩漏，损伤虚热。

（《寿世保元·本草门·药性歌括》）

羌活微温，祛风除湿，身痛头痛，舒筋活血。一名羌青。目赤亦要。

（《寿世保元·本草门·药性歌括》）

编者注:《万病回春·卷之一·药性歌》也录有本药。

秦艽微寒，除湿荣筋，肢节风痛，下血骨蒸。新好罗文者佳。

（《寿世保元·本草门·药性歌括》）

编者注:《万病回春·卷之一·药性歌》也录有本药。

青黛咸寒，能平肝木，惊痫疳痢，兼除热毒。即靛花。

（《寿世保元·本草门·药性歌括》）

编者注:《万病回春·卷之一·药性歌》也录有本药：青黛酸寒，能平肝木，惊痫疳痢，兼除热毒。

青蒿气寒，童便熬膏，虚汗盗汗，除骨蒸劳。

（《寿世保元·本草门·药性歌括》）

青礞石寒，硝煅金色，坠痰消食，神妙莫测。用焰硝，同入锅内，火煅如金色者佳。

（《寿世保元·本草门·药性歌括》）

青皮苦寒，能攻气滞，削坚平肝，安胃下食。水浸，去穰，切片。

（《寿世保元·本草门·药性歌括》）

编者注:《万病回春·卷之一·药性歌》注：少用热水浸透，去穰，晒干。

青葙子苦，肝脏热毒，暴发赤瘴，青盲可服。

(《寿世保元·本草门·药性歌括》)

轻粉性燥，外科要药，杨梅诸毒，杀虫可托。

(《寿世保元·本草门·药性歌括》)

蚯蚓气寒，伤寒瘟病，大热狂言，投之立应。

(《寿世保元·本草门·药性歌括》)

瞿麦辛寒，专治淋病，且能堕胎，通经立应。

(《寿世保元·本草门·药性歌括》)

编者注:《万病回春·卷之一·药性歌》也录有本药。

全蝎味辛，祛风痰毒，口眼㖞斜，风痫发搐。去毒。

(《寿世保元·本草门·药性歌括》)

编者注:《万病回春·卷之一·药性歌》也录有本药。

犬肉性温，益气壮阳，炙食作渴，阴虚禁尝。不可与蒜同食，颇损人。

(《寿世保元·本草门·药性歌括》)

雀卵气温，善扶阳痿，可致坚强，当能固闭。

(《寿世保元·本草门·药性歌括》)

人参味甘，大补元气，止渴生津，调营养卫。去芦用。反藜芦。

(《寿世保元·本草门·药性歌括》)

编者注:《万病回春·卷之一·药性歌》注：肺中实热，并阴虚火动、劳嗽吐血勿用。肺虚气短、少气盛喘烦热，去芦用之，反藜芦。

人乳味甘，补阴益阳，悦颜明目，羸劣仙方。要壮盛妇人香浓者佳，病妇勿用。

(《寿世保元·本草门·药性歌括》)

编者注:《万病回春·卷之一·药性歌》也录有本药。

人之头发，补阴甚捷，吐衄血晕，风惊痫热。一名血余。

(《寿世保元·本草门·药性歌括》)

肉桂辛热，善通血脉，腹痛虚寒，温补可得。去粗皮，不见火。妊娠用要炒黑。厚者肉桂，薄者官桂。

(《寿世保元·本草门·药性歌括》)

编者注:《万病回春·卷之一·药性歌》也录有本药。

肉蔻辛温，脾胃虚冷，泻利不休，功可立等。一名肉果。面包，煨熟，切片，纸包，捶去油。

(《寿世保元·本草门·药性歌括》)

编者注:《万病回春·卷之一·药性歌》注：面裹煨熟，切碎，纸包，捶去油。

乳香辛苦，疗诸恶疮，生肌止痛，心腹尤良。去砂石用，灯心同研。

(《寿世保元·本草门·药性歌括》)

编者注:《万病回春·卷之一·药性歌》也录有本药。

蕤仁味甘，风肿烂弦，热胀胬肉，眼泪立痊。

（《寿世保元·本草门·药性歌括》）

三棱味苦，利血消癖，气滞作痛，虚者当忌。去毛，火煅，切片，醋炒。

（《寿世保元·本草门·药性歌括》）

编者注:《万病回春·卷之一·药性歌》注：醋浸透，炒。

桑椹子甘，解金石燥，清除热渴，染须发皓。

（《寿世保元·本草门·药性歌括》）

桑皮甘辛，止嗽定喘，泻肺火邪，其功不妙。风寒新嗽生用，虚劳久嗽蜜水妙用。去红皮。

（《寿世保元·本草门·药性歌括》）

编者注:《万病回春·卷之一·药性歌》注：去红皮。

桑螵蛸咸，淋浊精泄，除疝腰痛，虚损莫缺。

（《寿世保元·本草门·药性歌括》）

桑上寄生，风湿腰痛，安胎止崩，疮疡亦用。

（《寿世保元·本草门·药性歌括》）

沙参味苦，消肿排脓，补肝益肺，退热除风。去芦。反藜芦。

（《寿世保元·本草门·药性歌括》）

编者注:《万病回春·卷之一·药性歌》也录有本药。

砂仁性温，养胃进食，止痛安胎，通经破滞。去壳，取仁。

（《寿世保元·本草门·药性歌括》）

编者注:《万病回春·卷之一·药性歌》也录有本药。

砂糖味甘，润肺利中，多食损齿，湿热生虫。

（《寿世保元·本草门·药性歌括》）

山豆根苦，疗咽肿痛，敷蛇虫伤，可救急用。俗名金锁匙。

（《寿世保元·本草门·药性歌括》）

编者注:《万病回春·卷之一·药性歌》注：俗名金钥匙。用根，口嚼汁，吐，止咽喉肿痛。

山楂味甘，磨消肉食，疗疝催疮，消膨健胃。一名糖球子，俗呼山里红。蒸，去核用。

（《寿世保元·本草门·药性歌括》）

编者注:《万病回春·卷之一·药性歌》注：炒，用温水润透，去子取肉。

山茱性温，涩精益髓，肾虚耳鸣，腰膝痛止。酒蒸，去核，取肉。其核勿用，滑精难治。

（《寿世保元·本草门·药性歌括》）

编者注:《万病回春·卷之一·药性歌》注：名石枣，酒洗，蒸熟，取肉去核，而核反能泄精。

鳝鱼味甘，益智补中，能去狐臭，善散湿风。血涂口眼㖞斜，左患涂右，右患涂左也。

（《寿世保元·本草门·药性歌括》）

商陆辛甘，赤白各异，赤者消风，白利水气。一名章柳。

（《寿世保元·本草门·药性歌括》）

编者注:《万病回春·卷之一·药性歌》也录有本药。

蛇床辛苦，下气温中，恶疮疥癞，逐瘀祛风。

（《寿世保元·本草门·药性歌括》）

编者注:《万病回春·卷之一·药性歌》也录有本药。

蛇蜕辟恶，能除翳膜，肠痔蛊毒，惊痫搐搦。

（《寿世保元·本草门·药性歌括》）

射干味苦，逐瘀通经，喉痹口臭，痈毒堪凭。一名乌翣根。

（《寿世保元·本草门·药性歌括》）

麝香辛温，善通关窍，伐鬼安惊，解毒甚妙。不见火。

（《寿世保元·本草门·药性歌括》）

编者注:《万病回春·卷之一·药性歌》也录有本药。

神曲味甘，开胃进食，破积逐痰，调中下气。要六月六日制造方可用，要炒黄色。

（《寿世保元·本草门·药性歌括》）

编者注:《万病回春·卷之一·药性歌》也录有本药。注：炒。

升麻性寒，清胃解毒，升提下陷，牙痛可逐。去须。青绿者佳。

（《寿世保元·本草门·药性歌括》）

编者注:《万病回春·卷之一·药性歌》也录有本药。

生地微寒，能清湿热，骨蒸烦劳，兼消瘀血。一名芐。怀庆出者，用酒洗，竹刀切片，晒干。

（《寿世保元·本草门·药性歌括》）

编者注:《万病回春·卷之一·药性歌》注：勿犯铁器，忌三日。姜汁浸，炒，不泥膈痰。

生姜性温，通畅神明，痰嗽呕吐，开胃极灵。去皮即热，留皮即冷。

（《寿世保元·本草门·药性歌括》）

编者注:《万病回春·卷之一·药性歌》也录有本药。

石膏大寒，能泻胃火，发渴头痛，解肌立妥。或生、或煅。一名解石。

(《寿世保元·本草门·药性歌括》)

编者注:《万病回春·卷之一·药性歌》也录有本药。

石斛味甘，却惊定志，壮骨补虚，善驱冷痹。去根。如金色者佳。

(《寿世保元·本草门·药性歌括》)

编者注:《万病回春·卷之一·药性歌》注：去根酒洗。

石灰味辛，性烈有毒，辟虫立死，堕胎极速。

(《寿世保元·本草门·药性歌括》)

石莲子苦，疗噤口痢，白浊遗精，清心良剂。

(《寿世保元·本草门·药性歌括》)

石榴皮酸，能禁精漏，止利涩肠，染须尤妙。

(《寿世保元·本草门·药性歌括》)

石蜜甘平，入药炼熟，益气补中，润燥解毒。

(《寿世保元·本草门·药性歌括》)

石楠藤辛，肾衰脚弱，风淫湿痹，堪为妙药。一名鬼目。女人不可久服，犯则切切思男。

(《寿世保元·本草门·药性歌括》)

石韦味苦，通利膀胱，遗尿或淋，发背疮疡。

(《寿世保元·本草门·药性歌括》)

石蟹味咸，点睛肿翳，解蛊肿毒，催生落地。

（《寿世保元·本草门·药性歌括》）

石钟乳甘，气乃慓悍，益气固精，明目延寿。

（《寿世保元·本草门·药性歌括》）

食盐味咸，能吐中痰，心腹卒痛，过多损颜。

（《寿世保元·本草门·药性歌括》）

编者注:《万病回春·卷之一·药性歌》也录有本药。

使君甘温，消疳消浊，泻利诸虫，总能除却。微火煨，去壳，取仁。

（《寿世保元·本草门·药性歌括》）

编者注:《万病回春·卷之一·药性歌》注：煨去壳，取肉用。

柿子气寒，能润心肺，止渴化痰，涩肠止利。

（《寿世保元·本草门·药性歌括》）

熟地微温，滋肾补血，益髓填精，乌须黑发。用怀庆生地黄，酒拌，蒸至黑色，竹刀切片，勿犯铁器。忌萝卜、葱、蒜。用姜汁炒，除膈闷。

（《寿世保元·本草门·药性歌括》）

编者注:《万病回春·卷之一·药性歌》注：酒浸蒸用。勿犯铁器，忌三日。

鼠粘子辛，能除疮毒，瘾疹风热，咽痛可逐。一名牛蒡子，一名大力子，一名恶实。

（《寿世保元·本草门·药性歌括》）

编者注:《万病回春·卷之一·药性歌》也录有本药。

薯蓣甘温，理脾止泻，益肾补中，诸虚可治。一名山药，一名山芋。怀庆者佳。

(《寿世保元·本草门·药性歌括》)

编者注:《万病回春·卷之一·药性歌》也录有本药。

水蛭味咸，除积瘀坚，通经堕胎，折伤可痊。即马蝗蜞。

(《寿世保元·本草门·药性歌括》)

水银性寒，治疥杀虫，断绝胎孕，催生立通。

(《寿世保元·本草门·药性歌括》)

编者注:《万病回春·卷之一·药性歌》也录有本药。

松脂味甘，滋阴补阳，驱风安脏，膏可贴疮。一名沥青。

(《寿世保元·本草门·药性歌括》)

苏合香甘，诛恶杀鬼，蛊毒痫痓，梦魇能起。

(《寿世保元·本草门·药性歌括》)

苏木甘咸，能行积血，产后月经，兼治扑跌。

(《寿世保元·本草门·药性歌括》)

编者注:《万病回春·卷之一·药性歌》也录有本药。

苏子味辛，驱痰降气，止咳定喘，更润心肺。

(《寿世保元·本草门·药性歌括》)

编者注:《万病回春·卷之一·药性歌》注：炒。

粟壳性涩，泄利嗽怯，劫病如神，杀人如剑。不可轻用。蜜水炒。

(《寿世保元·本草门·药性歌括》)

酸枣味酸，敛汗驱烦，多眠用生，不眠用炒。去核，取仁。

(《寿世保元·本草门·药性歌括》)

编者注:《万病回春·卷之一·药性歌》注：去壳。

檀香味辛，升胃进食，霍乱腹痛，中恶鬼气。

(《寿世保元·本草门·药性歌括》)

桃仁甘寒，能润大肠，通经破瘀，血瘕堪尝。汤浸，去皮尖，研如泥。

(《寿世保元·本草门·药性歌括》)

编者注:《万病回春·卷之一·药性歌》注：水泡去皮尖。

天花粉寒，止渴祛烦，排脓消毒，善除热痰。

(《寿世保元·本草门·药性歌括》)

编者注:《万病回春·卷之一·药性歌》注：即瓜蒌根。

天麻味辛，能驱头眩，小儿惊痫，拘挛瘫痪。

(《寿世保元·本草门·药性歌括》)

编者注:《万病回春·卷之一·药性歌》也录有本药。

天门甘寒，肺痿肺痈，消痰止嗽，喘热有功。水浸，去心皮。

(《寿世保元·本草门·药性歌括》)

编者注:《万病回春·卷之一·药性歌》注：温水渍，去心、皮。

天竺黄甘，急慢惊风，镇心解热，驱邪有功。出天竺国。

(《寿世保元·本草门·药性歌括》)

田螺性冷，利大小便，消肿除热，醒酒立见。浊酒煮熟，挑肉食之。

(《寿世保元·本草门·药性歌括》)

葶苈辛苦，利水消肿，痰咳癥瘕，治喘肺痈。隔纸略炒。

（《寿世保元·本草门·药性歌括》）

编者注:《万病回春·卷之一·药性歌》也录有本药。

通草味甘，善治膀胱，消痈散肿，能医乳房。

（《寿世保元·本草门·药性歌括》）

编者注:《万病回春·卷之一·药性歌》也录有本药。

童便味凉，打仆瘀血，虚劳骨蒸，热嗽尤捷。一名回阳汤，一名轮回酒，一名还元汤。要七八岁儿清白者佳、赤黄者不可用。

（《寿世保元·本草门·药性歌括》）

编者注:《万病回春·卷之一·药性歌》也录有本药：童便气凉，扑损瘀血，虚劳骨蒸，热嗽尤捷。

兔肉味辛，补中益气，止渴健脾，孕妇勿食。秋冬宜啖、春夏忌食。

（《寿世保元·本草门·药性歌括》）

菟丝甘平，梦遗滑精，腰痛膝冷，添髓壮筋。水洗净，热酒砂罐煨烂，捣饼，晒干，合药同磨末为丸，不堪作汤。

（《寿世保元·本草门·药性歌括》）

编者注:《万病回春·卷之一·药性歌》注：水淘净用，同入砂罐内煮烂，作成饼，配入诸药用。

瓦楞子咸，妇人血块，男子痰癖，癥瘕可瘥。即蚶子壳。火煅，醋淬。

（《寿世保元·本草门·药性歌括》）

腽肭脐热，补益元阳，驱邪辟鬼，痃癖劳伤。酒浸，微火炙令香。

(《寿世保元·本草门·药性歌括》)

王不留行，调经催产，除风痹痉，乳痈当啖。即剪金子花。取酒蒸，火焙干。

(《寿世保元·本草门·药性歌括》)

威灵苦温，腰膝冷痛，消痰痃癖，风湿皆用。去芦，酒洗。

(《寿世保元·本草门·药性歌括》)

编者注:《万病回春·卷之一·药性歌》也录有本药：威灵苦温，腰膝冷痛，积痰痃癖，风湿通用。

蜗牛味咸，口眼㖞僻，惊痫拘挛，脱肛咸治。

(《寿世保元·本草门·药性歌括》)

乌梅酸温，收敛肺气，止渴生津，能安泻利。

(《寿世保元·本草门·药性歌括》)

乌梅味酸，除烦解渴，霍疟泻利，止嗽劳热。去核用。

(《寿世保元·本草门·药性歌括》)

编者注:《万病回春·卷之一·药性歌》也录有本药：乌梅酸温，收敛肺气，止渴生津，能安泻痢。

乌药辛温，心腹胀痛，小便滑数，顺气通用。一名旁其，一名天台乌。

(《寿世保元·本草门·药性歌括》)

无名异甘，金疮折损，去瘀止痛，生肌有准。

(《寿世保元·本草门·药性歌括》)

芜荑味辛，驱邪杀虫，痔瘘癣疥，化食除风。火煅用。

(《寿世保元·本草门·药性歌括》)

吴萸辛热，能调疝气，心腹寒痛，酸水能治。去梗，汤炮，微炒。

(《寿世保元·本草门·药性歌括》)

编者注:《万病回春·卷之一·药性歌》也录有本药。

蜈蚣味辛，蛇虺恶毒，止痉除邪，堕胎逐瘀。头足赤者佳。炙黄，去头足。

(《寿世保元·本草门·药性歌括》)

五倍苦酸，疗齿疳䘌，痔癣疮脓，兼除风热。一名文蛤，一名百虫仓。百药煎即此造成。

(《寿世保元·本草门·药性歌括》)

编者注:《万病回春·卷之一·药性歌》也录有本药。

五加皮寒，祛痛风痹，健步坚筋，益精止沥。此皮浸酒，轻身延寿，宁得一把五加，不用金玉满车。

(《寿世保元·本草门·药性歌括》)

编者注:《万病回春·卷之一·药性歌》也录有本药。

五灵味甘，血利腹痛，止血用炒，行血用生。

(《寿世保元·本草门·药性歌括》)

编者注:《万病回春·卷之一·药性歌》也录有本药。

五味酸温，生津止渴，久嗽虚劳，金水枯竭。风寒咳嗽用南，虚损劳伤用北。去梗。

(《寿世保元·本草门·药性歌括》)

编者注:《万病回春·卷之一·药性歌》注：此酸味敛束，不宜多，多用闭其邪，恐成虚热。

豨莶味甘，追风除湿，聪耳明目，乌鬓黑发。蜜同酒浸，九晒，为丸服。

(《寿世保元·本草门·药性歌括》)

细辛辛温，少阴头痛，利窍通关，风湿皆用。华阴者佳。反藜芦。能发少阴之汗。

(《寿世保元·本草门·药性歌括》)

编者注:《万病回春·卷之一·药性歌》注：去上叶。

夏枯草苦，瘰疬瘿瘤，破癥散结，湿痹能瘳。冬至后发生，夏至时枯瘁。

(《寿世保元·本草门·药性歌括》)

仙茅味辛，腰足挛痹，虚损劳伤，阳道兴起。咀，禁铁器，制米泔。十斤乳石，不及一斤仙茅。

(《寿世保元·本草门·药性歌括》)

香附味甘，快气开郁，止痛调经，更消宿食。即莎草根。忌铁器。

(《寿世保元·本草门·药性歌括》)

香薷味辛，伤暑便涩，霍乱水肿，除烦解热。陈久者佳。

(《寿世保元·本草门·药性歌括》)

编者注:《万病回春·卷之一·药性歌》也录有本药。

小茴性温，能除疝气，腹痛腰痛，调中暖胃。盐水炒。

(《寿世保元·本草门·药性歌括》)

编者注:《万病回春·卷之一·药性歌》也录有本药。

辛夷味辛，鼻塞流涕，香臭不闻，通窍之剂。去心毛。

(《寿世保元·本草门·药性歌括》)

杏仁温苦，风寒喘嗽，大肠气闭，便难切要。单仁者，泡去皮尖，麸炒入药。双仁者有毒，杀人，勿用。

(《寿世保元·本草门·药性歌括》)

编者注:《万病回春·卷之一·药性歌》注：水泡，去皮尖，双仁有毒，勿用。

雄黄甘辛，辟邪解毒，更治蛇虺，喉风瘜肉。

(《寿世保元·本草门·药性歌括》)

编者注:《万病回春·卷之一·药性歌》也录有本药。

雄鸡味甘，动风助火，补虚温中，血漏亦可。有风人并患骨蒸者，俱不宜食。

(《寿世保元·本草门·药性歌括》)

熊胆味苦，热蒸黄疸，恶疮虫痔，五疳惊痫。

(《寿世保元·本草门·药性歌括》)

续断味辛，接骨续筋，跌仆折伤，且固遗精。酒洗，切片。如鸡脚者佳。

(《寿世保元·本草门·药性歌括》)

编者注:《万病回春·卷之一·药性歌》也录有本药。注：酒浸洗用。

续随子辛，恶疮蛊毒，通经消积，不可过服。一名千金子，一名拒冬实。去皮壳，取仁，纸包，压去油。

(《寿世保元·本草门·药性歌括》)

玄参苦寒，清无根火，消肿骨蒸，补肾亦可。紫黑者佳。反藜芦。

（《寿世保元·本草门·药性歌括》）

编者注:《万病回春·卷之一·药性歌》注：肉坚黑者。

玄明粉辛，能蠲宿垢，化积消痰，诸热可疗。用朴硝，以萝卜同制过者是。

（《寿世保元·本草门·药性歌括》）

编者注:《万病回春·卷之一·药性歌》注：用朴硝一斤，萝卜一斤同煮，萝卜熟为度，绵纸滤过，磁盆内，露一宿收之，宜冬月制。

血竭味咸，跌仆伤损，恶毒疮痈，破血有准。一名麒麟竭。敲断有镜脸光者是。

（《寿世保元·本草门·药性歌括》）

编者注:《万病回春·卷之一·药性歌》也录有本药。

鸭肉散寒，补虚劳怯，消水肿胀，退惊痫热。

（《寿世保元·本草门·药性歌括》）

牙皂味辛，通关利窍，敷肿痛消，吐风痰妙。去弦子皮，用不蛀者。

（《寿世保元·本草门·药性歌括》）

编者注:《万病回春·卷之一·药性歌》也录有本药。

延胡气温，心腹卒痛，通经活血，跌扑血崩。即玄胡索。

（《寿世保元·本草门·药性歌括》）

编者注:《万病回春·卷之一·药性歌》也录有本药。

羊肉味甘，专补虚羸，开胃补肾，不致阳痿。

（《寿世保元·本草门·药性歌括》）

阳起石甘，肾气乏绝，阴痿不起，其效甚捷。火煅，酒淬七次，再酒煮半日，研碎。

(《寿世保元·本草门·药性歌括》)

饴糖味甘，和脾润肺，止渴消痰，中满休食。

(《寿世保元·本草门·药性歌括》)

益母草甘，女科为主，产后胎前，生新祛瘀。一名茺蔚子。

(《寿世保元·本草门·药性歌括》)

编者注:《万病回春·卷之一·药性歌》注：忌犯铁器。

益智辛温，安神益气，遗溺遗精，呕逆皆治。去壳，取仁，研碎。

(《寿世保元·本草门·药性歌括》)

编者注:《万病回春·卷之一·药性歌》也录有本药。

薏苡味甘，专除湿痹，筋节拘挛，肺痈肺痿。一名穿谷米。去壳，取仁。

(《寿世保元·本草门·药性歌括》)

编者注:《万病回春·卷之一·药性歌》也录有本药。

茵陈味苦，退疸除黄，泻湿利水，清热为凉。

(《寿世保元·本草门·药性歌括》)

编者注:《万病回春·卷之一·药性歌》也录有本药。

银屑味辛，谵语恍惚，定志养神，镇心明目。

(《寿世保元·本草门·药性歌括》)

淫羊藿辛，阴起阳兴，坚筋益骨，志强力增。即仙灵脾，俗呼三枝九叶草也。

(《寿世保元·本草门·药性歌括》)

榆皮味甘，通水除淋，能利关节，敷肿痛定。取里面白皮，切片，晒干。

(《寿世保元·本草门·药性歌括》)

郁金味苦，破血生肌，血淋溺血，郁结能舒。

(《寿世保元·本草门·药性歌括》)

编者注:《万病回春·卷之一·药性歌》注：小者为郁金。

郁李仁酸，破血润燥，消肿利便，关格通导。碎核取仁，汤泡去皮，研碎。

(《寿世保元·本草门·药性歌括》)

预知子贵，缀衣领中，遇毒声作，诛蛊杀虫。

(《寿世保元·本草门·药性歌括》)

芫花寒苦，能消胀蛊，利水泻湿，止咳痰吐。反甘草。

(《寿世保元·本草门·药性歌括》)

编者注:《万病回春·卷之一·药性歌》也录有本药。

远志气温，能驱惊悸，安神镇心，令人多记。甘草汤浸一宿，去骨，晒干。

(《寿世保元·本草门·药性歌括》)

编者注:《万病回春·卷之一·药性歌》也录有本药。

泽兰甘苦，痈肿能消，打扑伤损，肢体虚浮。

(《寿世保元·本草门·药性歌括》)

编者注:《万病回春·卷之一·药性歌》也录有本药。

泽泻苦寒，消肿止渴，除湿通淋，阴汗自遏。去毛。

(《寿世保元·本草门·药性歌括》)

编者注:《万病回春·卷之一·药性歌》也录有本药。

珍珠气寒，镇惊除痫，开聋磨翳，止渴坠痰。未钻者，研如粉。

(《寿世保元·本草门·药性歌括》)

编者注:《万病回春·卷之一·药性歌》也录有本药。

知母味苦，热渴能除，骨蒸有汗，痰咳皆舒。去皮毛，生用泻胃火，酒炒泻肾火。

(《寿世保元·本草门·药性歌括》)

编者注:《万病回春·卷之一·药性歌》也录有本药。注：去皮毛，忌铁器。生用泻胃火；酒炒泻肾火。

栀子性寒，解郁除烦，吐衄胃热，火降小便。生用清三焦实火，炒黑清三焦郁热，又能清曲屈之火。

(《寿世保元·本草门·药性歌括》)

编者注:《万病回春·卷之一·药性歌》注：清上焦郁热，用慢火炒黑；清三焦实火，生用。能清曲屈之火。

蜘蛛气寒，狐疝偏痛，蛇虺咬涂，疔肿敷用。腹大黑色者佳。

(《寿世保元·本草门·药性歌括》)

枳壳微温，快气宽肠，胸中气结，胀满堪尝。水浸，去穰，切片，麸炒。

(《寿世保元·本草门·药性歌括》)

编者注:《万病回春·卷之一·药性歌》注：水渍软，去穰，麸炒。气血弱者，勿与枳壳，以其损气也。

枳实味苦，消食除痞，破积化痰，冲墙倒壁。如龙眼，色黑，陈者佳。水浸，去穰，切片，麸炒。

(《寿世保元·本草门·药性歌括》)

编者注:《万病回春·卷之一·药性歌》注：水渍软。切片，麸炒。

朱砂味甘，镇心养神，祛邪杀鬼，定魄安魂。生饵无害，炼服杀人。

(《寿世保元·本草门·药性歌括》)

编者注:《万病回春·卷之一·药性歌》也录有本药。

猪苓味淡，利水通淋，消肿除湿，多服损肾。削去黑皮，切片。

(《寿世保元·本草门·药性歌括》)

编者注:《万病回春·卷之一·药性歌》注：去砂石。

猪肉味甘，量食补虚，动风痰物，多食虚肥。

(《寿世保元·本草门·药性歌括》)

竹沥味甘，阴虚痰火，汗热渴烦，效如开锁。截尺余，直劈数片，两砖架起，火烘，两头流沥。每沥一盏，姜汁二匙。

(《寿世保元·本草门·药性歌括》)

编者注:《万病回春·卷之一·药性歌》也录有本药。

竹茹止呕，能除寒热，胃热咳哕，不寐安歇。

(《寿世保元·本草门·药性歌括》)

编者注:《万病回春·卷之一·药性歌》注：即竹上青皮刮下用。

竹叶味甘，退热安眠，化痰定喘，止渴消烦。味淡者佳。

(《寿世保元·本草门·药性歌括》)

编者注:《万病回春·卷之一·药性歌》注：用淡竹者佳。

紫草苦寒，能通九窍，利水消膨，痘疹最要。

(《寿世保元·本草门·药性歌括》)

编者注:《万病回春·卷之一·药性歌》也录有本药。

紫河车甘，疗诸虚损，劳瘵骨蒸，滋培根本。一名混沌皮，一名混元衣，即胞衣也。长流水洗净，或新瓦烘干，或用甑蒸烂。忌铁器。

(《寿世保元·本草门·药性歌括》)

编者注:《万病回春·卷之一·药性歌》也录有本药。

紫苏叶辛，风寒发表，梗下诸气，消除胀满。叶背面并紫者佳。

(《寿世保元·本草门·药性歌括》)

编者注:《万病回春·卷之一·药性歌》也录有本药。

紫菀苦辛，痰喘咳逆，肺痈吐脓，寒热并济。去头。

(《寿世保元·本草门·药性歌括》)

编者注:《万病回春·卷之一·药性歌》注：酒洗。

紫葳味酸，调经止痛，崩中带下，癥瘕通用。即凌霄花。

(《寿世保元·本草门·药性歌括》)

棕榈子苦，禁泄涩利，带下崩中，肠风堪治。

(《寿世保元·本草门·药性歌括》)

## 第二节 药性鉴别歌诀

业医之道，药性为元。

品味虽多，主治当审。

人参补元气，泻虚热而止渴，色苍，肺实休凭。

黄芪补三焦，敛盗汗而抵疮，肥白，卫虚宜准。

白术健脾强胃，主湿痞虚痰。

苍术发汗宽中，导窠囊积饮。

茯苓安惊利窍，益气生津，和中用白，而导水用赤，禁与阴虚。

甘草补气助脾，调和百药，温中用炙，而泻火用生，满家须谨。

川芎血中气药，通肝部而疗头疼。

当归血中主药，身养新而梢逐损。

白芍药泻脾伐肝，疗血虚腹痛，下痢用炒，而后重用生。

赤芍药性味酸敛，治疮疡热壅，调经最宜，而产后最禁。

熟地黄补血而疗虚疼。

生地黄生血而凉心肾，酒炒则俱温，姜制无膈闷。

半夏姜制，和中止呕，大医痰厥头疼。

贝母去心，治嗽消痰，烦热结胸合论。
南星主风痰，破伤身强，胆制尤佳。
枳实治虚痞，消食行痰，麸炒最捷。
枳壳宽中削积，气滞所宜。
青皮下食安脾，泄肝大稳。
陈皮留白，和中补胃，去白泄气消痰。
厚朴用苦，治胀宽膨，用温益气除湿。
大腹皮开胃通肠，泄胀满，煎用姜盐。
槟榔降气杀虫，祛后重，性如铁石。
草果仁宽中截疟，更除酸水寒痰。
肉豆蔻止痢调中，又且解醒消食。
草豆蔻制熟，客寒胃痛方宜。
白豆蔻炒香，目翳胸膨可觅。
香附理胸膈不和，气血凝滞，妇室如仙。
乌药主心腹暴痛，小便滑数，女科最急。
三棱利血消癥癖，折伤产后多疼。
蓬术通理内伤荣，心脾瘀结诸积。
山楂子导气消食健脾，更攻儿枕。
使君子疗泻祛虫止痛，大治儿疳。
大黄夺土将军，逐滞通瘀，下胃肠结热。
巴豆斩关猛将，削坚通闭，荡脏腑沉寒。
玄胡祛宿垢，消癥瘕，豁痰化积。
芒硝开结热，通脏腑，泄实软坚。
葶苈泻肺喘，利小便，炒须隔纸。
牵牛逐膨肿，利水道，更损胎元。

木通泻小肠，开热闭而行涩溺。

车前主渗利，清目赤而实大便。

猪苓治水气浸淫，服多损肾。

泽泻治淋癃脱垢，湿肿神丹。

薏苡下水宽膨，疗肺痈痿咳。

灯心通淋利浊，吹喉痹危难。

滑石荡积聚，通津利水。

防己疗风湿，脚气酸疼。

木瓜理下焦湿肿。

芫花治水病留痰。

大戟虚浮可瘥。

甘遂肿胀皆安。

榆皮性滑，善行消浮急剂。

石韦去毛，微炒淋闭均堪。

萆薢导膀胱宿水，关节酸疼，腰足冷痛。

商陆利胸腹肿满，水家峻药，性味酸辛。

萹蓄捐疸痔，利热淋，蛔疼自已。

香薷清肺家，分暑湿，霍乱随痊。

黄芩，枯则泻肺退热痰，实则凉大肠而化源获救。

黄连，生则泻心清热毒，酒炒厚肠胃，而姜制除呕。

黄柏泻伏火而扶痿厥，大治阴虚。

知母滋肾水而除烦渴，骨蒸是守。

石膏解肌表而消烦渴，降胃火而理头疼。

山栀止衄吐而炒如墨，凉肺胃而泡用酒。

麦门冬引生地黄至所补之处，而生津止烦渴。

天门冬引熟地黄至所补之乡，而保肺治痰嗽。
柴胡少阳要药，在肌主气，在脏调经。
前胡通治风寒，宁嗽消痰，安胎不谬。
葛根解肌，清酒渴而醒补胃脾。
竹叶止渴，疗虚烦而喉风退走。
竹茹止呕哕咳逆，尤安热病血家。
竹沥治风痉虚痰，又主金疮产后。
连翘退诸经客热，痈肿须寻。
鼠粘疗风热瘾疹，疮疡并奏。
青黛除热毒，虫积疳痢，收五脏郁火而泻肝。
玄参主虚热，明目祛风，治无根之火而补肾。
栝蒌子下气喘，结胸痰嗽斯专。
天花粉治热痰，止渴消烦独任。
草龙胆主下焦火湿，明目凉肝。
山豆根解咽喉疼痛，退黄消肿。
地骨皮治骨蒸有汗，凉血解肌。
牡丹皮治无汗骨蒸，破血止衄。
常山捐痰疗疟，醋炒方嘉。
紫草利水消膨，痘疮总属。
茵陈主黄疸而利小便。
艾叶保胎痛而疗崩漏。
胡黄连骨蒸劳热，小儿疳痢当求。
川升麻发表除风，举胃升阳最速。
桔梗疗肺痈咽痛，利膈宽胸。
桂枝解卫弱寒邪，横行肢节。

麻黄发表寒，止汗用其根。

防风捐脑痛，泄肝除风毒。

细辛发少阴汗，除头痛痰咳诸风。

白芷行阳明经，退头痛皮肤痒粟。

羌活排巨阳痈肿，风湿四肢。

独活治头颈项难舒，痿痹双足。

藁本除疼于巅顶。

薄荷清阳于首面。

藿香止霍乱而开胃温中。

紫苏利胸膈，而子医喘嗽。

荆芥散血中风热，疮疡头痛俱良。

苦参治细疹大风，除湿补阴不浅。

泽兰疗胎产打扑，行气消痈。

天麻主眩晕风痫，语言涩謇。

桑寄生续筋骨，益血脉，利腰背掣痛。

甘菊花治头风，消目疾，退红睛泪眼。

蔓荆子祛风明目，除头痛，湿痹能安。

威灵仙祛风止痛治腰膝，骨吞自软。

木贼去目翳，崩漏，汗风尤妙。

葳蕤疗目烂腰疼，风湿最善。

何首乌消疮肿，黑发延年。

蓖麻子引刺骨，催生最便。

石菖蒲开心明耳目，去痹除风。

白附子祛风治面斑，崩中悉断。

郁李仁润血燥，除浮利水。

破故纸主劳损，肾冷阳衰。

高良姜治霍乱转筋，而调气消食。

吴茱萸疗厥阴疝痛，而胃冷能除。

川乌阳中少阳，温脏腑寒邪，诸积冷痛。

附子阳中纯阳，补三焦厥逆、六腑寒拘。

茴香主霍乱腹疼，调中暖胃。

牛膝利月经阻涩，膝痛精虚。

苁蓉能峻补精血，过用反致便涩。

杜仲主肾虚骨痿，入药酥炙去丝。

锁阳味甘补阴，如虚而大便不燥结者不用。

鹿茸甘温益气，治女子崩带而男子溺血遗精。

枸杞益精气而明目祛风。

山药能补肾而生消肿核。

山茱萸涩精补肾，而核反滑精。

巨胜子补髓填精，而延年驻色。

益智仁盐煎捶碎，自然暖肾固精。

菟丝子补髓填精，大治虚寒遗沥。

远志去心草制，壮神益志，梦遗惊悸何愁。

巴戟去心酒浸，疗肿除风，虚病鬼交须觅。

茯神去木益心脾，开心助志而除健忘。

酸枣取仁宁魂魄，多眠用生而不眠炒。

五味消烦，止嗽渴，生脉补元。

杏仁温肺，润大肠，冷嗽尤妙。

桑白皮甘寒，治咳嗽痰中见血，肺实方宜。

金沸草甘寒，逐痰水唾如胶漆，秋行最好。

阿胶面炒，益肺安胎止嗽，血崩下痢皆宜。

紫菀酒洗，热寒气结胸中，咳血唾痰立效。

百合敛肺，止嗽休无。

百部劳嗽骨蒸莫少。

款冬花甘辛润肺，消痰止嗽，肺痈肺痿全凭。

马兜铃苦寒清肺，下气定喘，血痔瘘疮须要。

诃子敛嗽化痰，止痢除崩。

乌梅止渴生津，和中断下。

地榆疗崩漏下行诸血，胃弱须防。

粟壳止滑泄虚痢频仍，积瘀草下。

茅根茅花，吐红鼻衄自消。

槐角槐花，血痔肠风自罢。

小蓟疗宿血呕衄，崩漏折伤。

大蓟前功之外，痈疽肿痛还医。

红花主败血经枯，血虚血晕。

苏木前证之余，死血疮疡更藉。

桃仁破滞生新，润闭燥，逐瘀恶，活血有功。

柏叶善守益脾，安蔑衄，止血崩，补阴无价。

灵脂去心腹死血作疼，炒除漏下。

蒲黄主胎产恶露凝滞，炒黑医崩。

凌霄花血痛所宜，治热毒而补阴甚捷。

白头翁治血痢神效，止鼻衄而头癞多功。

郁金苦寒善散，治女子赤淋，血气心痛。

延胡辛温活血，主小肠疼刺，胎产皆同。

姜黄辛热，主经闭癥瘕，血块痈肿。

秦皮苦寒，治惊痫崩带，痹湿寒风。

秦艽主黄疸，四肢风湿。

漏芦能下乳，疗眼医痈。

海藻海带，疗疝气瘿瘤，软坚利水。

白及白蔹，痈疽疮癣，长肉箍脓。

藜芦吐痰杀疥。

椿皮止泻涩精。

芦根止消渴、噎膈气滞。

射干已积痰，结痰喉痛。

海桐皮漱牙洗目除风，性味苦平无毒。

五加皮女人腰痛阴痒，男子溺浊淋癃。

梧桐泪治风热牙疼，牛马急黄研饮。

木鳖子主乳痈肿痛，肛门痔肿堪平。

松脂疗疽疮白秃死肌，节已脚痹虚风，子补虚羸不足。

皂角治痰涎中风口噤，子导五脏风热，刺达痈溃之经。

天竺黄疗惊风中风，失音痰壅。

密蒙花治热疳入眼，肤翳青盲。

五倍主齿慝血痔，脱肛顿愈。

硇砂破癥瘕积聚，生服烂心。

干漆削积破坚，还医血晕。

芦荟杀疳敷癣，清热平惊。

没药破血捐疼，大利折伤产后。

阿魏消瘕破癖，最能削块除癥。

丁香止呕吐因寒，消风疗疟。

木香行肝气阻涩，胸胁俱疼。

沉香疗风水肿，又止转筋霍乱。

檀香似此之外，更除恶气相侵。

乳香止痛催生，疗诸疮如桴应鼓。

麝香辟邪杀鬼，攻风疰如影随形。

龙脑主风湿积聚，不宜入眼。

苏合杀蛊毒恶气，温疟如神。

乌犀角解热毒而化血清心，以入阳明，故升麻可代。

羚羊角治惊狂而祛风目，性寒味苦，故肺肝能清。

僵蚕去皮肤风行痒痹。

全蝎止小儿惊搐风痫。

牡蛎主女人带下崩中，涩精敛汗。

蛤粉攻疝痛反胃，能软顽痰。

牛黄主狂躁惊痫，定魄安魂退热。

龙骨主遗精崩痢，敛疮收汗缩便。

虎骨理寒湿风毒，去恶疮而安惊治产。

龟板主补阴续骨，逐瘀血而酥炙宜丸。

鳖甲除崩止漏，消痃癖骨蒸劳热。

龟甲破癥医漏，攻疟痔劳复伤寒。

羊乳性温，润心肺，止消渴，利大便，安呕哕，口疮热肿宜含饮。

牛乳微寒，补虚羸，疗渴疾，润胃干，滋血燥，并宜冷饮畏羹酸。

象牙性寒，出杂物入肉，又消骨鲠。

龙齿神物，疗癫邪宁志，更主安惊。

蜗牛专治五痔，而更医温毒。

田螺壳安反胃，而肉敷热睛。

虻虫善行积血，黍米炮去头足。

水蛭能吮下疽，煅则破血通经。

白丁香溃痈点目。

自然铜接骨续筋。

铜绿明目钓涎，止金疮出血。

金箔安魂定魄，镇狂叫邪惊。

水银唾研，杀疥癞而下死胎，若过服令人痿躄。

轻粉性冷，杀疮虫而治瘰疬，以伤胃故动齿龈。

硫黄逐冷壮阳，利风痹而杀疥。

砒霜除齁截疟，有大毒而不仁。

雄黄理息肉，治喉风温邪蛇毒。

辰砂通血脉，杀鬼魅，养气安神。

白矾消痰，疗泻痢恶疮喉痹。

琥珀消血，主安心利水通淋。

赤石脂止泻除崩，法当醋炒。

花蕊石金疮崩产，煅用泥封。

东壁土主脱肛泄痢霍乱。

伏龙肝治遗精崩漏吐血。

大枣养胃和脾，遇中满而勿与。

胡桃入夏禁食，虽肥肌而动风。

藕实补中益气。

柿蒂止哕神功。

葱白解表除风，善治阳明头痛。

瓜蒂吐痰宣食，消浮退痺皆通。

干姜生发表，炒和中，定疼止痛。

生姜除头痛，平呕哕，痰嗽还同。

大蒜虽化食而耗气伤脾，终成目疾。

韭汁利胸膈，而下痰清火，子乃涩精。

胡荽酒煎喷痘，自然红润。

萝卜子炒研入药，下气宽膨。

胡椒燥食宽胸，肺胃真气自耗。

川椒温中去冷，目中云气能空。

缩砂定胎痛，主食伤泄泻。

神曲温胃脘，导食积攻冲。

麦蘖性温，行上焦滞血，宿食肠鸣宜用。

麸皮性凉，消大肠停积，壅留陈莝堪投。

红曲健脾，活血消食，诸痢得效。

浮麦养心，煎同大枣，盗汗能收。

麻仁血闭肠枯，入汤或粥。

扁豆转筋霍乱，单服能瘳。

绿豆主霍乱反胃，解一切丹毒。

赤豆涂痈疽焮热，消水肿虚浮。

粳米和胃温中，陈仓为上。

粟米补血除热，肾病须求。

豆豉治伤寒，胸中懊侬。

石蜜安五脏，益气蠲疼。

饴糖敛汗补虚，消痰止嗽。

米醋清咽退肿，功效如神。

盐消痰癖，溻疮疡，食多损肺。

酒通血脉，厚肠胃，痛饮伤生。

乳汁已目赤睛昏，却老还童功不浅。

童便益虚劳寒热，损伤产后并宜行。

血余灰乃乱头发，淋闭鼻红有准。

人中白即溺桶垢，肺痈唾衄须凭。

此特摘集偏长之功用，譬诸高远，将自卑而升。

（《古今医鉴·卷二·药性赋》）

# 第二章

# 方剂歌诀

# 第一节　内科方剂歌诀

## 伤寒

### 白虎汤

黄帝素问白虎汤，甘草知母与石膏；

人参亦有加之用，热渴虚烦用米熬。

【用法】水煎服。

【主治】伤寒脉长者，鼻干眼眶疼，身热不得卧，此病在阳明。若渴而有汗不解，或经汗过不解。

（《云林神彀·卷一·伤寒附伤风》）

### 大柴胡汤

大柴胡汤用大黄，半夏枳实最为良。

更有黄芩赤芍药，姜枣煎来利大肠。

【用法】姜枣水煎服。

【主治】伤寒不恶寒，而反恶热者，表证尚未除，里证又急也。

（《云林神彀·卷一·伤寒附伤风》）

### 桂枝大黄汤

桂枝大黄汤，柴胡芍药藏，

枳实并甘草，枣子共生姜。

【用法】姜枣水煎服。

【主治】伤寒脉沉细，腹满而作痛，咽干手足温，此是太阴症。

(《云林神彀·卷一·伤寒附伤风》)

## 四逆汤

四逆汤中大附子，一枚生用去皮研；

更有甘草六钱炙，干姜五钱生用之。

【用法】水煎服。

【主治】寒中厥阴经，小腹至阴痛，四肢厥冷极。

(《云林神彀·卷一·中寒》)

## 小柴胡汤

小柴胡汤只五般，半夏人参一处攒；更有黄芩与甘草，生姜枣子水煎汤。

【用法】生姜枣子水煎服。

【主治】伤寒脉弦者，耳聋胸胁痛，寒热呕口苦，此是少阳症。

(《云林神彀·卷一·伤寒附伤风》)

## 栀子豉汤

栀子治肺烦，豆豉医肾燥。

栀豉共煎尝，懊侬一齐好。

【用法】水煎服。

【主治】伤寒懊侬者，闷郁不舒畅，反复多颠倒。

（《云林神彀·卷一·伤寒附伤风》）

## 温病

### 黄连解毒汤

黄连解毒汤四味，黄柏黄芩栀子是。

退黄解热又除烦，吐血便红诸热治。

【用法】水煎服。

【主治】伤寒汗吐下，烦躁口渴者，表里大热证，解毒致奔焦。

（《云林神彀·卷一·伤寒附伤风》）

### 清郁栀子汤

清郁山栀子，算来三十枚。

锉碎水煎服，能令性命回。

【用法】锉碎水煎服。

【主治】伤寒新瘥后，交接因复发，欲死眼不开，一话不能说。

（《云林神彀·卷一·伤寒附伤风》）

### 升麻葛根汤

升麻葛根甘白芍，四味均匀水煎却；头疼发热及恶寒，时行瘟疫香苏佐。

【用法】水煎。

【主治】头疼发热及恶寒，时行瘟疫。

(《云林神彀·卷一·伤寒附伤风》)

## 神效二圣救苦丸

神效二圣救苦丸，大黄四两酒蒸研；牙皂二两糊丸子，绿豆冷汤送二钱。

【用法】做丸剂，绿豆冷汤送服。

【主治】四时瘟疫。

(《云林神彀·卷一·瘟疫》)

## 僵蚕大黄丸

人间治疫有仙方，一两僵蚕二大黄；姜汁为丸如弹子，井花和蜜即清凉。

【用法】做丸剂，井花水和蜜送服。

【主治】瘟疫。

(《云林神彀·卷一·瘟疫》)

## 竹叶石膏汤

竹叶石膏汤用参，麦门半夏更加临；甘草生姜兼用米，虚寒自利热家寻。

【用法】生姜、米煎汤。

【主治】伤寒汗下后，烦热津液枯，发热气逆吐，表与里俱虚。

(《云林神彀·卷一·伤寒附伤风》)

## 中暑

### 清暑一元散

中暑作热渴，水便闭涩黄。和中清下部，暑病一奇方。

清暑一元散，滑石用六钱；一钱甘草末，水调服下痊。

【用法】水调服。

【主治】中暑作热渴，水便闭涩黄。

（《云林神彀·卷一·中暑》）

### 蠲暑丸

行人千里水葫芦，硼砂薄荷白糖殊；柿霜乌梅捣丸子，噙化一丸省用沽。

【用法】捣为丸，噙化。

【主治】注夏之症者，夏初春末时，烦渴沉困倦，元气血皆虚。

（《云林神彀·卷一·中暑》）

## 咳嗽

### 鸡鸣丸

从来咳嗽十八般，只因邪气入于肝；

胸膈咳嗽多加喘，胃嗽膈上有痰涎；

大肠咳嗽三焦热，小肠咳嗽舌上干；

伤风咳嗽喉多痒，胆嗽夜间不得安；

肝风嗽时喉多痹，三因嗽时船上滩；

气喘夜间多沉重，肺嗽痰多喘嗽难；

热嗽多血连心痛，膀胱嗽时气多寒；

暴嗽日间多出汗，伤寒嗽时冷痰酸；

此是神仙真妙诀，用心求取鸡鸣丸。

【用法】上共为细末，炼蜜为丸，如弹子大。每服一丸，五更，乌梅、生姜、枣子汤下。大抵久嗽者，多属肾气亏损，火炎水涸，或津液涌而为痰者，乃真脏为患也。须用六味地黄丸壮肾水滋化源为主；以补中益气汤养脾土生肺肾为佐。久之自愈。方见补益。

【主治】男妇不问老少，十八般咳嗽吐血等症。

(《万病回春·卷之二·咳嗽》)

## 吸药仙丹

仙方二两鹅管石，青礞白附款冬花；

三味各秤七钱重，四钱甘草与儿茶；

枯矾寒水四钱半，八味精研制莫差；

日进六分三次吸，寒用姜汤热用茶；

虚加五分沉木桂，咳而惊悸用朱砂；

薄荷煎汤潮热使，化痰止嗽最为佳。

【用法】上各为末，研令极细秤过，方用总箩过搀匀。如有气加沉香五分、木香七分、官桂七分；如心下虚悸加朱砂三分。热嗽用茶汤下；寒用姜汤下；咳如浮肿，用木瓜、牛膝汤下；咳而有红痰吐血，白芥子汤下。

(《万病回春·卷之二·咳嗽》)

## 止咳神功散

久年咳嗽用神功，枸杞苁蓉及款冬，各秤一两分四剂，苦参减半水煎同。

【用法】四味分四剂，水煎服。次用烟筒散熏之，连熏五六次。

【主治】多年久咳嗽。

【效果】良愈。

(《云林神彀·卷一·咳嗽》)

## 冬花烟

烟筒一两款冬花，郁金六钱炒莫差；木香三钱雄黄一，研末纸卷作烟霞；熏入病人喉管内，人参桔梗汤送佳。

【用法】前四味研末纸卷作烟霞，熏入病人喉管，人参桔梗汤送下。

(《云林神彀·卷一·咳嗽》)

## 紫菀麻杏蜜

一两香油四两蜜，四两生姜自然汁，紫菀麻黄并杏仁，百年劳嗽永无迹。

【用法】上将油、蜜、姜铜锅炼，点水成珠，用紫菀等为细末，入内搅匀，再一熬。磁器盛贮。每晚吃四五匙，茶下。

【主治】嗽。

(《种杏仙方·卷一·咳嗽》)

## 喘证

### 理中汤

理中汤内桂干姜，厚朴陈皮沉木香；

砂仁苏子甘草炙，或加附子可回阳。

【主治】喘证。

（《云林神彀·卷一·喘急》）

### 清肺汤

清肺汤中白茯苓，麦门桑杏枳苏陈；

片芩贝母山栀子，沉香辰砂服加临。

【主治】喘证。

（《云林神彀·卷一·喘急》）

### 四君子汤

四君汤内参术苓，陈皮厚朴与砂仁；

沉木另研归苏子，桑皮甘草可相寻。

【主治】喘证。

（《云林神彀·卷一·喘急》）

### 苏子降气汤

苏子降气汤半夏，甘草前胡肉桂咀；

当归厚朴陈皮等，姜枣同煎痰喘舒。

【主治】喘证。

(《云林神彀·卷一·喘急》)

### 五虎汤

五虎汤内用麻黄，杏仁甘草石膏藏；
更入细茶同水煮，桑皮加入又为良。

【主治】伤寒发喘急。

(《云林神彀·卷一·喘急》)

## 哮证

### 齁喘汤

诸病原来有药方，惟愁齁喘最难当；
麻黄桑杏寻苏子，白果冬花更又良；
甘草黄芩同半夏，水煎百沸不须姜；
病人遇此仙丹药，服后方知定喘汤。

【主治】哮证。

(《云林神彀·卷一·哮吼》)

### 五虎二陈汤

五虎二陈用麻黄，陈半参苓膏杏藏；
沉香木香细茶叶，姜葱煎服喘安康。

【主治】哮证。

(《云林神彀·卷一·哮吼》)

### 哮吼汤

哮吼汤中半芩连，瓜蒌枳桔杏膏先；

麻黄紫苏及甘草，生姜茶叶水同煎。

【主治】哮证。

（《云林神彀・卷一・哮吼》）

## 心悸怔忡

### 加味二陈安神汤

加味二陈加枳实，麦门竹茹并白术。

黄连栀子炒人参，当归乌梅辰砂末。

【主治】心悸。

（《云林神彀・卷二・怔忡》）

### 四物安神汤

四物安神生熟地，归芍参连栀茯是；

竹茹白术麦门冬，辰砂酸枣乌梅类。

【主治】心悸。

（《云林神彀・卷二・怔忡》）

### 朱砂安神丸

奇效朱砂安神丸，黄连酒洗六钱先；

炙草当归二钱半，钱半生地一同研；

蒸饼为丸黍米大，五钱朱砂作衣穿；

每服不拘三五十，低头仰卧用津咽。

【主治】怔忡。

(《云林神彀·卷二·怔忡》)

### 加减温胆汤

加减温胆参茯神，归连枳半麦栀仁；
生黄酸枣辰砂末，竹茹白术甘草寻。

【主治】惊悸。

(《云林神彀·卷二·惊悸》)

### 养血安神汤

养血安神酸枣仁，芎归生地白茯神；
白术柏子陈皮芍，黄连甘草炙之灵。

【主治】惊悸不安，血虚火动。

(《云林神彀·卷二·惊悸》)

### 镇惊丸

镇惊两半生地黄，麦门白芍茯陈当；
贝母各宜秤一两，川芎远志七钱强；
黄连酸枣五钱炒，三钱甘草共研良。
蜜丸朱砂为衣服，七十临眠用枣汤。

【主治】惊悸。

(《云林神彀·卷二·惊悸》)

## 不寐

### 安神伏睡汤

安神伏睡汤，四物益智良；

酸枣远志肉，山药圆眼方。

【主治】不寐。

（《云林神彀·卷二·不寐》）

### 高枕无忧散

高枕无忧散麦冬，陈皮半夏茯苓同；

竹茹枳实人参草，石膏龙眼共效功。

【主治】不寐。

（《云林神彀·卷二·不寐》）

### 酸枣仁汤

酸枣仁汤参茯苓，等分煎服不相同；

如不要睡即热服，要睡冷服有奇功。

【用法】煎服。如不要睡即热服，要睡冷服。

【主治】不寐。

（《云林神彀·卷二·不寐》）

## 健忘

### 补心汤

补心汤用芎参归，术苓知母草陈皮；

生地黄柏石菖蒲，麦门酸枣仁远志。

【主治】健忘。

（《云林神彀·卷二·健忘》）

### 归脾汤

归脾汤里用参芪，茯苓白术并当归；
远志酸枣龙眼肉，木香甘草补心脾。
【主治】健忘。
(《云林神彀·卷二·健忘》)

### 通书汤

人若多忘事，远志茯菖蒲；
每日煎汤服，心通万卷书。
【主治】健忘。
(《云林神彀·卷二·健忘》)

### 天王补心丹

天王补心用茯参，桔志玄丹各五钱；
生地二两用酒洗，天麦酸味柏归连；
各秤一两研为末，蜜丸朱砂作衣穿；
临卧每服二三十，灯心竹叶煮汤吞。
【主治】健忘。
(《云林神彀·卷二·健忘》)

## 狂证

### 独参丸

独参丸治发狂邪，杀人大叫乱交加；
苦参蜜丸梧子大，薄荷汤下甘丸佳。

【用法】苦参蜜丸梧子大，薄荷汤送下。

【主治】狂证。

（《云林神彀·卷二·癫狂》）

### 宁志化痰丸

宁志化痰牛胆星，半夏陈皮白茯苓；

黄连天麻酸枣炒，菖蒲人参用最灵。

【主治】狂证。

（《云林神彀·卷二·癫狂》）

### 养血清心汤

养血清心汤远志，人参白术并生地；

茯苓川芎酸枣仁，菖蒲当归甘草类。

【主治】狂证。

（《云林神彀·卷二·癫狂》）

## 胃脘痛

### 姜桂汤

胃脘寒痛姜桂汤，良姜平胃藿茴香；

香附缩砂并枳壳，木香磨入引生姜。

【主治】胃脘痛。

（《云林神彀·卷三·心痛》）

### 理中汤/附子理中汤

理中甘草及干姜，白术人参是本乡；
若是内中加附子，更名附子理中汤。

【用法】煎汤服。

【主治】寒中太阴经，中脘作疼痛，呕泻不作渴。

(《云林神彀·卷一·中寒》)

### 宣气栀子汤

宣气栀子盐汤妙，大黄酒浸火焙干；
滑石木香浓磨汁，栀子姜汤调服安。

【用法】四味磨汁，二味煎汤，调服。在上必吐，在下必泻，其痛立止。外以萝卜子炒，绢中包，频熨病处。

【主治】胃脘痛。

(《云林神彀·卷三·心痛》)

## 呕吐

### 保中汤

保中汤内藿香梗，陈皮半夏茯苓等；
白术栀子与砂仁，甘草芩连炒不冷。

【主治】呕吐不止，饮食不下。

(《云林神彀·卷二·呕吐》)

### 二陈汤

二陈汤里加人参，砂仁白术竹茹煎；
麦门乌梅山栀炒，姜枣同煎病自痊。

【主治】呕吐痰涎。

（《云林神彀·卷二·呕吐》）

### 茯苓半夏二陈汤

茯苓半夏二陈汤，苍术厚朴与干姜；
砂仁乌梅藿香叶，生姜煎服见神方。

【主治】水寒停于胃，呕吐不止。

（《云林神彀·卷二·呕吐》）

### 黄连竹茹汤

黄连竹茹用山栀，人参白术茯陈皮；
甘草麦门白芍炒，乌梅炒米枣煎之。

【主治】呕吐，烦渴。

（《云林神彀·卷二·呕吐》）

### 理中丸

理中官桂炒干姜，白术人参丁藿香；
茯苓砂仁姜半夏，陈皮乌梅一个尝。

【主治】呕吐哕清水，冷涎出不止。

（《云林神彀·卷二·呕吐》）

### 六君子汤

六君汤里加归芍，砂仁莲肉炒山药。
藿香乌梅炒米煎，生姜枣子为引佐。

【主治】病久只呕吐，胃虚不纳谷。

（《云林神彀·卷二·呕吐》）

## 吞酸

### 苍连汤

苍连汤内用砂仁，半夏陈皮并茯苓；
神曲甘草吴茱炒，生姜煎服立安宁。
【主治】吐出酸水。
(《云林神彀·卷二·吞酸》)

### 清郁二陈汤

清郁二陈苍术芎，枳实黄连香附同；
栀子白芍神曲倍，吞酸嘈杂总收功。
【主治】吞咽酸水，湿热在胃。
(《云林神彀·卷二·吞酸》)

### 三白汤

三白汤中用白术，苍术壁土炒滑石；
更有陈皮白茯苓，五味将来水煎吃。
【用法】水煎服。
【主治】口吐清水，湿在胃口。
(《云林神彀·卷二·吞酸》)

## 伤食

### 消滞丸

消滞丸子黑牵牛，炒来为末二两头；

香附五灵各一两，醋糊为丸病自瘳。

【主治】饮食多停滞，痞胀痛难当，便难凝热积。

(《云林神彀·卷一·伤食》)

### 枳实大黄汤

枳实大黄汤厚朴，槟榔甘草同煎着；

腹痛甚者加木香，一剂教君即安乐。

【主治】饮食多停滞，痞胀痛难当，便难凝热积。

(《云林神彀·卷一·伤食》)

## 翻胃/反胃

翻胃五味七情过，五脏火动津液涸；

气虚不运则生痰，血虚不润而生火；

补气生血养胃脾，清火化痰把郁破；

戒气断味慢调和，勿行香燥生灾祸。

(《云林神彀·卷二·翻胃》)

### 安胃汤

安胃汤中参术陈，茯苓山药炒砂仁；

归连夏草藿香叶，莲肉乌梅姜枣寻。

【主治】反胃。

(《云林神彀·卷二·翻胃》)

### 三子散

三子散治胃翻噎，白芥萝卜胡荽列；

等分为末每五分，烧酒食后调和啜。

【用法】为末，每五分，食后烧酒调和啜。

【主治】翻胃噎膈。

(《云林神彀·卷二·翻胃》)

### 顺气和中汤

顺气和中二陈先，白术枳实炒黄连；

香附砂仁山栀炒，神曲胶泥河水煎。

【主治】翻胃。

(《云林神彀·卷二·翻胃》)

### 养血助胃汤

养血助胃芎归芍，山药莲肉一两锉；

熟黄姜汁炒八钱，扁豆茯苓六钱着；

人参五钱草三钱，白术一两三钱佐；

姜汁曲糊为丸子，百丸滚水空心嗑。

【主治】呕吐翻胃愈后调理。

(《云林神彀·卷二·翻胃》)

## 呃逆

### 丁香柿蒂膏

丁香柿蒂桂良姜，木陈茴乳藿香良；

厚朴陈皮甘半夏，砂仁十四味煎膏。

【主治】发呃属寒者。

（《云林神彀·卷二·呃逆》）

### 茯苓半夏汤

茯苓半夏并柿蒂，丁香茴香与姜桂；
厚朴陈皮草砂仁，沉木藿香十四味。

【主治】呃逆属寒。

（《云林神彀·卷二·呃逆》）

### 黄连竹茹汤

黄连竹茹麦门冬，山栀陈皮半夏同；
沉木茴香紫苏子，砂仁甘草可收功。

【主治】胃中痰火发呃。

（《云林神彀·卷二·呃逆》）

### 加减小柴胡汤

小柴胡汤不用参，藿茴沉木与砂仁；
栀子陈皮并柿蒂，竹茹乌梅效有神。

【主治】呃逆属热者。

（《云林神彀·卷二·呃逆》）

## 嗳气

### 加味二陈汤

加味二陈炒山栀，砂仁白蔻木香宜；
益智枳连姜厚朴，再加附子更为寄。

【主治】胃热嗳气。

(《云林神彀·卷二·嗳气》)

### 加味理中汤

理中汤里去参苓，加入茴香益智仁；

陈朴木香香附子，胃寒嗳气服之神。

【主治】胃寒嗳气。

(《云林神彀·卷二·嗳气》)

## 腹痛

### 二仙汤

二仙汤治腹刺痛，白芍黄连甘草共；

各秤二钱同酒煎，一服除根立可中。

【用法】同酒煎服。

【主治】肚腹热痛，时痛时止。

(《云林神彀·卷三·腹痛》)

### 活血汤

活血汤中归赤芍，桃仁牡丹玄胡索；

乌药香附桂川芎，木香红花甘枳壳。

【主治】疼痛，痛不移处。

(《云林神彀·卷三·腹痛》)

### 加味承气汤

加味承气汤，枳朴与硝黄；

当归红花草，酒水共煎尝。

【主治】腹痛痛不移处。

（《云林神彀·卷三·腹痛》）

### 开郁导气汤

开郁导气青陈皮，香附川芎白芷宜；

茯苓清石神曲炒，栀子干姜甘草随。

【主治】肚腹热痛，时痛时止。

（《云林神彀·卷三·腹痛》）

### 住痛散

住痛散用玄胡索，大黄白芷棱莪锉；

乌药青皮香附子，五灵甘草生姜佐。

【主治】心腹刺痛，似气一块，上下走注，手不敢握。

（《云林神彀·卷三·腹痛》）

## 泄泻

### 安脾安胃散

安脾安胃散参术，二两生姜同炒熟；

参苓藿朴术砂甘，莪泽木槟五钱足；

红枣廿四去核皮，研末二钱姜汤服。

【主治】泄泻口渴。

（《云林神彀·卷二·泄泻》）

## 八桂散

八桂散中煨肉蔻，诃子栗壳蜜炒妙；

参术甘草附子煨，干姜乌梅灯草要。

【主治】泄泻。

（《云林神彀·卷二·泄泻》）

## 白术散

白术散内用人参，藿香木香茯苓兼；

更有干葛同甘草，小儿吐泻服之痊。

【主治】泄泻。

（《云林神彀·卷四·吐泻》）

## 二陈汤

二陈汤加苍白术，砂仁山药炒厚朴；

木通甘草车前子，灯草乌梅姜煎服。

【主治】痰泄。

（《云林神彀·卷二·泄泻》）

## 理中汤

理中汤内加官桂，藿香良姜广陈皮；

茯苓乌梅用一个，姜枣灯心煎服之。

【主治】泄泻。

（《云林神彀·卷二·泄泻》）

## 四苓散

四苓散中加山药，苍术山栀甘白芍；

乌梅一个广陈皮，炒草十根水煎却。

【主治】泄泻。

(《云林神彀·卷二·泄泻》)

## 参苓白术散

参苓白术散藿香，山药砂仁陈皮姜。

诃子莲肉肉豆蔻，甘草煎来补胃良。

【主治】泄泻。

(《云林神彀·卷二·泄泻》)

## 胃风汤

胃风汤内用人参，当归川芎白茯苓；

白芍白术并肉桂，粟米同煎效若神。

【主治】风泄。

(《云林神彀·卷二·泄泻》)

## 胃苓汤

胃苓汤内仓陈朴，猪苓泽泻茯苓芍；

白术肉桂甘草煎，诸般泄泻皆可却。

【主治】湿泄。

(《云林神彀·卷二·泄泻》)

## 戊己丸

戊己丸治脾泻痢，水谷不化腹痛剧；

酒连煨芍炒吴萸，等分为末饭丸剂；

空心每服五十丸，米汤送下立时止。

【用法】为末饭丸剂。空心每服五十丸，米汤送下。

【主治】泄泻。

(《云林神彀·卷二·泄泻》)

### 五苓散

五苓散内用猪苓，白术茯苓泽泻停；

肉桂用之多与少，白水煎来止渴行。

【用法】水煎服。

【主治】中暑烦热渴，大便泄泻溏，小便赤涩少。

(《云林神彀·卷一·中暑》)

### 香茹饮

香茹饮内加参芍，茯苓白术陈皮佐；

甘草等分加乌梅，炒米一撮灯心着。

【主治】暑泻。

(《云林神彀·卷二·泄泻》)

### 香砂六君子汤

香砂六君炒白芍，人参白术姜厚朴；

甘草陈皮山药同，苍术乌梅姜煮着。

【主治】脾泻。

(《云林神彀·卷二·泄泻》)

## 便秘

### 颠倒汤

颠倒大黄用六钱，滑石牙皂减半研；

大便小便不同研，临时对症可加添。

【用法】上为末，黄酒送下。如大便不通，依前分服之。如小便不通，大黄用三钱，滑石六钱，皂角如前。如大小便俱不通，大黄、滑石均分，皂角亦如前。

【主治】大小便闭结，脏腑有实热。

（《云林神彀·卷三·大小便闭》）

## 大黄便秘汤

大便不通腹胀满，大黄研末三钱管；

五钱皮硝一处和，烧酒调服只一碗。

【用法】二药一处合，以烧酒调服。

【主治】大便不通腹胀满。

（《云林神彀·卷三·大便闭》）

## 润肠汤

润肠汤中生熟地，火麻桃香与当归；

枳壳黄芩川厚朴，大黄甘草水煎之。

【主治】便秘。

（《云林神彀·卷三·大小便闭》）

## 通幽润燥汤

通幽润燥汤桃仁，生熟地黄当归身；

红花升麻炙甘草，大黄煨炒火麻仁。

【主治】便秘。

（《云林神彀·卷三·大小便闭》）

### 铁脚丸子

铁脚丸子用皂角，去皮子炙研细末；

酒糊丸用三十丸，酒下二便即通活。

【用法】皂角去皮子炙研细末，酒糊丸，每次三十丸，酒下。

【主治】大小便闭结，脏腑有实热。

（《云林神彀·卷三·大小便闭》）

## 痢疾

### 黄连人参汤

噤口痢是胃口热，黄连人参减半切；

煎汤终日细呷之，加上石莲为绝妙。

【用法】煎汤终日呷之。加上石莲为绝妙。

【主治】噤口痢。

（《云林神彀·卷二·痢疾》）

### 噤口妙方

一切噤口赤白痢，黄连生姜四两制；

生姜捣烂同连炒，炒干去姜连研细；

仓米饭丸每二钱，白痢陈皮汤送去；

赤痢甘草可煎汤，赤白陈皮甘草是；

脾泄腊茶清可吞，妙方留下君须记。

【用法】仓米饭为丸。

【主治】痢疾。

（《云林神彀·卷二·痢疾》）

## 立效黄连汤

立效四两净黄连，二两吴茱共酒眠；

炒干去吴茱不用，麸炒枳壳二两全；

为末三钱空肚服，泻肠痢酒立安痊。

【用法】为末空腹服。

【主治】痢疾。

（《云林神彀·卷二·痢疾》）

## 启脾丸

启脾丸用参苓术，山药莲肉一两足；

楂陈泽草各五钱，蜜丸汤化空心服。

【用法】蜜丸空腹服。

【主治】痢疾。

（《云林神彀·卷四·吐泻》）

## 石莲汤

痢疾噤口用石莲，研末每服二三钱；

陈仓米汤调匀服，呕加姜汁立时痊。

【用法】莲子研末，每服二三钱，陈仓米汤调服，呕加姜汁。

【主治】痢疾。

（《云林神彀·卷二·痢疾》）

## 芍药汤

芍药汤中用木香，芩连枳壳与槟榔；

当归甘草水煎服，一剂令君病体康。

【用法】水煎服。

【主治】虚弱人痢疾。

(《云林神彀·卷二·痢疾》)

## 参归芍药汤

参归芍药白茯苓，白术山药与砂仁；

甘草陈皮加减用，莲肉乌梅灯草并。

【用法】水煎服。

【主治】痢疾。

(《云林神彀·卷二·痢疾》)

## 调和饮

调和饮内芍芎归，升麻桃仁研去皮；

黄连黄芩各等分，临时加减始为奇。

【用法】水煎服。

【主治】痢疾。

(《云林神彀·卷二·痢疾》)

## 调中理气汤

调中理气苍厚朴，陈皮白术木香芍；

更有枳壳与槟榔，红痢再加芩连佐。

【用法】水煎服。

【主治】痢疾。

## 玄白散

玄白散内用牵牛，赤芍生黄归去头；

槟榔枳壳煨莪术，大黄黄连可解愁。

【用法】水煎服。

【主治】壮盛人初痢。

（《云林神彀·卷二·痢疾》）

### 真人养脏汤

真人养脏粟壳参，诃子当归肉蔻真；

白术木香并芍药，干姜肉桂不须寻。

【用法】水煎服。

【主治】久痢滑脱。

（《云林神彀·卷二·痢疾》）

## 臌胀

### 分消汤

分消汤内苍白术，木香香附砂枳实；

猪苓泽泻大腹皮，陈皮茯苓川厚朴。

【主治】肚腹胀甚，脾虚中满。

（《云林神彀·卷二·臌胀》）

### 广茂溃坚汤

广茂溃坚柴升麻，芩连归朴半红花。

曲泽青陈皮草蔻，益智吴茱甘草佳。

【主治】腹中热胀，或有积聚。

（《云林神彀·卷二·臌胀》）

### 香朴汤

香朴汤中大附子，炮去皮脐七钱五；
厚朴一两姜炒干，木香三钱姜枣煎。
【主治】腹中寒胀，不喜饮食。
(《云林神彀·卷二·臌胀》)

### 行湿补气养血汤

行湿补气养血汤，参术归芎茯木香；
大腹甘芍苏陈朴，海金萝卜木通良。
【主治】胀属脾胃，气血俱虚。
(《云林神彀·卷二·臌胀》)

## 痹证

### 解表升麻汤

解表升麻汤防风，柴胡藁本苍术同；
羌活麻黄甘草入，陈皮当归共有功。
【主治】遍身忽壮热，骨节作疼痛。
(《云林神彀·卷三·痛风》)

### 驱风豁痰汤

驱风豁痰用归芎，芩连桔梗羌防风；
白芷苍术星半夏，桂枝甘草总相同。
【主治】两手痛麻木。
(《云林神彀·卷三·痛风》)

### 羌活汤

羌活汤内用当归，黄芩苍术与陈皮；
芍药木香香附草，茯苓半夏总相宜。

【主治】白虎历节风。

（《云林神彀·卷三·痛风》）

### 三分散

三分散治寒湿气，四肢骨节疼痛剧；
苍术草乌甘草研，每各一分酒调吃。

【用法】研末，每一分酒调吃。

【主治】寒湿气，四肢骨节疼痛。

（《云林神彀·卷三·痛风》）

## 腰痛

### 补阴汤

补阴汤内四物汤，牛膝杜仲小茴香；
故纸参苓甘草炙，陈皮知柏酒炒良。

【主治】腰痛。

（《云林神彀·卷三·腰痛》）

### 杜仲汤

杜仲汤用破故纸，小茴玄胡索当归；
牛膝黄柏知母炒，能治腰疼补肾虚。

【主治】腰痛。

（《云林神彀·卷三·腰痛》）

### 立安散

立安散内用官桂，玄胡杜仲与当归；
小茴牵牛各一两，木香一钱为末齐；
每用二匙酒调服，气滞闪挫肾虚宜。
【主治】腰痛。
（《云林神彀·卷三·腰痛》）

### 调荣活络汤

调荣活络芎归尾，赤芍桃仁并生地；
大黄红花及桂枝，牛膝羌活如神剂。
【主治】腰闪失力，跌扑瘀血，大便不通。
（《云林神彀·卷三·腰痛》）

### 腰痛巴蓉方

腰痛苁蓉巴戟天，青盐三味五钱先；
杜仲小茴破故纸，各秤一两要精研；
药入猪腰煨熟吃，空心汤下立欣然。
【用法】药入猪腰煨熟吃，空心汤下。
【主治】腰痛。
（《云林神彀·卷三·腰痛》）

## 虫证

### 槟雄杀虫汤

使君槟榔各一钱，雄黄五分细细研；

苦楝汤下二钱末，能杀堵虫病可痊。

【主治】虫证。

（《云林神彀·卷三·诸虫》）

## 椒梅汤

椒梅汤中枳木香，砂仁香附与干姜；

厚朴肉桂川楝子，等分甘草及槟榔。

【主治】虫证疼痛。

（《云林神彀·卷三·腹痛》）

## 理中安蛔汤

理中安蛔用花椒，参术干姜要炒焦；

茯苓乌梅止二个，服后柴胡汤退潮。

【主治】蛔虫证。

（《云林神彀·卷一·伤寒附伤风》）

## 五仙杀虫汤

五仙四两大黄先，皂角雷丸苦楝根。

各秤一两木香减，酒糊丸子用芩吞。

【主治】虫证。

（《云林神彀·卷三·诸虫》）

## 遇仙丹

遇仙四两黑牵牛，莪术槟榔拣去油；

更有三棱茵陈穗，各用五钱为末留；

皂角五钱将水煮，水糊丸子晒干收；

每服三钱茶送下，服时须用五更头。

【主治】人之肠胃中，湿热久生虫。

(《云林神彀·卷三·诸虫》)

## 第二节　妇科病方剂歌诀

### 月经不调

#### 清经四物汤

清经四物生地黄，艾叶阿胶黄柏凉；

知母条芩香附子，黄连甘草不须姜。

【主治】经水先期来。

(《云林神彀·卷三·妇人》)

#### 活血化痰汤

活血化痰汤，芎归生地黄；

白芍陈皮半，茯苓甘草汤。

【主治】经水过期来色淡。

(《云林神彀·卷三·妇人》)

#### 通快四物汤

通快四物用生黄，桃仁红花香附藏；

牡丹青皮玄胡索，甘草十一味煎汤。

【主治】经水过期来，紫黑成血块。

（《云林神彀·卷三·妇人》）

### 健脾四物汤

健脾四物赤茯苓，苏朴猪通草砂仁；

大腹木香玄胡索，香附牛膝并红陈。

【主治】经水去过多，久而不见止，遍身发肿满。

（《云林神彀·卷三·妇人》）

## 闭经

### 通经四物汤

通经四物用生黄，苏木红花枳壳良；

厚朴乌梅并枳实，大黄黄芩官桂详。

【主治】闭经。

（《云林神彀·卷三·经闭》）

### 通经斑蝥汤

通经斑蝥二十个（糯米炒过），四十九个生桃仁；

大黄五钱九八酒，七九酒下用空心。

【主治】闭经。

（《云林神彀·卷三·经闭》）

### 通经大黄汤

经水久不通，生地大黄同；

三钱研细末，好酒下心空。

【主治】闭经。

(《云林神彀・卷三・经闭》)

### 通经大血四物汤

经水久不通，四两蒸大黄；

五钱血竭没，为末水丸良。

七十用何引，红花四物汤。

【主治】闭经。

(《云林神彀・卷三・经闭》)

### 通经调气汤

通经调气四物宗，香附黄芩黄柏同；

柴胡丹皮知母炒，牛膝红花桃仁功。

【主治】闭经

(《云林神彀・卷三・经闭》)

### 养真汤

养真汤内四物主，香附陈皮知益母；

茯苓小茴山茱萸，久服自然有滋补。

【主治】闭经。

(《云林神彀・卷三・经闭》)

### 助经丸

助经丸用乳木茶，葱白巴豆五分佳；

斑蝥五个捣一弹，绵裹绳系送阴家。

【用法】绵裹绳系送阴家。

【主治】闭经。

(《云林神彀·卷三·经闭》)

### 芎归芍姜汤

芎归白芍与干姜，桃仁红花桂木香；

香附牛膝玄胡索，丹皮枳朴共煎汤。

【主治】经水久不行发肿。

(《云林神彀·卷三·妇人》)

## 痛经

### 清热四物汤

清热四物用生地，桃仁红花牡丹皮；

黄连香附玄莪术，发热柴芪可用之。

【主治】经水正将来，腹中阵阵痛。

(《云林神彀·卷三·妇人》)

### 熟地调养汤

调养熟地黄，芎归白芍姜；

人参并白术，甘草茯苓良。

【主治】经水行过后，腹中常作痛。

(《云林神彀·卷三·妇人》)

### 顺气散瘀汤

顺气散瘀玄胡索，当归川芎白芍药。

桃仁红花生地黄，莪术青皮白水佐。

【主治】经水忽着气，心腹腰胁痛。

(《云林神彀·卷三·妇人》)

### 通经四物汤

通经四物汤熟地，桃仁红花厚肉桂；

莪术苏木并木通，香附甘草同一例。

【主治】经水已过期，不来又作痛。

(《云林神彀·卷三·妇人》)

## 经行吐衄

### 犀角阿胶汤

犀角阿胶牡丹皮，芎归白芍与山栀；

黄芪生地陈皮入，麦门白茯任君施。

【主治】经水错妄行，口鼻往上出。

(《云林神彀·卷三·妇人》)

## 崩漏

### 阿胶四物汤

阿胶四物用生地，白术条芩与地榆；

荆芥茯苓香附子，山栀甘草共相随。

【主治】血崩。

(《云林神彀·卷三·妇人》)

## 归茯止经汤

当归茯芍术芩连，艾叶槐子各五钱；
黄柏龙肝各一两，木香二钱半共研；
为末水丸每百粒，米汤送下病皆痊。

【主治】经水不止，赤白带下，产后胎前，恶物痢泻。

(《云林神彀·卷三·血崩》)

## 管仲止崩汤

血崩久不止，管仲烧存性；
为末黄酒调，服之立有应。

【主治】崩漏。

(《云林神彀·卷三·血崩》)

## 何首乌止崩汤

血崩久不止，何首乌一两；
甘草用些须，黄酒煎熟放；
再入小蓟汁，服之如影响。

【主治】崩漏。

(《云林神彀·卷三·血崩》)

## 黑豆止崩汤

血崩久不止，黑豆烧尽烟；
二钱黄酒和，一服立安然。

【主治】崩漏。

(《云林神彀·卷三·血崩》)

## 荆芥四物汤

荆芥四物汤，香附子相当；

地榆加入内，一服见神方。

【主治】崩漏。

（《云林神彀·卷三·血崩》）

## 胶艾四物汤

胶艾四物用蒲黄，黄连黄芩栀子良；

生地地榆并白术，甘草同煎果妙方。

【主治】血崩日久。

（《云林神彀·卷三·血崩》）

## 柿饼止崩汤

血崩久不止，柿饼烧二钱；

空心煎水下，神效不虚传。

【主治】崩漏。

（《云林神彀·卷三·血崩》）

## 益母汤

益母汤内炒阿胶，四两陈皮香附砂；

白术条芩甘草入，玄参蒲黄不须抛。

【主治】血崩日久。

（《云林神彀·卷三·血崩》）

## 带下病

### 大补经汤

大补经中八物汤，玄胡官桂小茴香；
砂仁阿胶沉香附，黄芪陈皮吴茱良。

【主治】经水久不调，腹痛下白带，淋沥久不止，肌瘦气血惫。

（《云林神彀·卷三·妇人》）

### 加减六合汤

加减六合汤，二陈四物当；
黄柏知贝母，椿根白术良。

【主治】带下病。

（《云林神彀·卷三·带下》）

### 玉仙散

玉仙散用炒白芍，干姜香附一两锉。
甘草研末五钱生，空心三钱酒下药。

【主治】带下病。

（《云林神彀·卷三·带下》）

### 止带桃仁方

赤白带不止，倍于桃仁炒。
等分为细末，烧酒调服好。

【主治】白带久不止。

（《云林神彀·卷三·带下》）

## 不孕

### 清燥养血汤

清燥养血四物宗，人参茯苓香附同；

生地黄芩山栀子，陈皮甘草共收功。

【主治】瘦人是火盛，子宫多干涩。

（《云林神彀·卷三·占男女诀》）

### 调经种玉汤

调经种玉是仙方，陈茯芎归芍地黄；

香附吴茱萸牡丹，虚加熟艾桂干姜。（九味，锉，四剂，生姜水煎，空心温服，渣再煎服，待经至之日服起，一日一剂，药尽则当交媾，必成孕矣）

【主治】妇人无子嗣，多因经不调。

（《云林神彀·卷三·占男女诀》）

### 先天归一汤

先天归一参苓术，芍地归芎草牛膝；

陈半砂附牡丹皮，大补诸虚成孕育。

【主治】妇人子宫冷，气血多虚备。

（《云林神彀·卷三·占男女诀》）

## 妊娠病

### 安胎散

安胎散内益母草，当归川芎香附炒；

芩连白术生地黄，苏梗砂仁甘草好。

【主治】妇人有胎防堕。

（《云林神彀·卷三·妊娠》）

## 调胃汤

调胃汤中炒神曲，归芍陈皮并香附；

藿香砂仁白茯苓，半夏白术甘草付。

【主治】妊娠恶阻，恶心呕吐。

（《云林神彀·卷三·妊娠》）

## 竹叶汤

竹叶汤黄芩，防风白茯苓；

麦门去心浮，五味药通神。

【主治】妊娠子烦，烦躁闷乱，胆怯心惊。

（《云林神彀·卷三·妊娠》）

## 羚羊角散

羚羊角散白茯苓，芎归防风酸枣仁。

茯神五加皮薏苡，独活木香甘草真。

【主治】妊娠子痫，目吊口噤，痰涎潮搐，头项强甚。

（《云林神彀·卷三·妊娠》）

## 茯苓汤

茯苓汤中用泽泻，芎归熟地应无价。

茯苓白术麦门冬，厚朴栀子条芩下。

【主治】妊娠子肿，面目虚浮，肢体肿满。

（《云林神彀·卷三·妊娠》）

## 天仙散

天仙散内用台乌，香附陈皮并紫苏。

更有香附与甘草，生姜煎服病即除。

【主治】妊娠子气，两足浮肿，脾衰水盛，喘闷上壅。

(《云林神彀·卷三·妊娠》)

## 达生散

达生散内当归芍，人参白术陈皮佐；

紫苏甘草大腹皮，或加砂仁并枳壳。

【主治】妊娠胎动，因事筑嗑，恶露下血，口噤欲绝。

(《云林神彀·卷三·妊娠》)

## 佛手散

佛手散当归，川芎益母宜；

水煎入酒服，一剂见安危。

【主治】妊娠胎动，因事筑嗑，恶露下血，口噤欲绝。

## 胶艾四物汤

胶艾四物汤，条芩白术强。

砂仁香附子，糯米共煎尝。

【主治】妊娠胎漏，腹痛下血。

(《云林神彀·卷三·妊娠》)

## 芎归汤

芎归各五钱，锉散好酒煎；

临服入童便，一剂病当痊。

【主治】妊娠胎漏，腹痛下血。

## 产后病

### 加味佛手散

加味佛手散，芎归荆芥穗；

等分用水煎，入酒童便对。

【主治】产后晕倒，不省人事，眼黑耳鸣，虚损之极。

（《云林神彀·卷三·产后》）

### 苏危汤

苏危汤内炒干姜，川芎当归熟地黄；

人参荆穗灯烧过，水煎童便可加尝。

【主治】产后去血多，或下流不止，头晕眼黑暗，口禁不能语。

（《云林神彀·卷三·产后》）

### 芎归下胞汤

胞衣不得下，产母元气虚；

芎归倍官桂，温之下片时。

【主治】胞衣不下，产母元气虚。

（《云林神彀·卷三·产育》）

### 黑神散

黑神散用熟生黄，赤白芍蒲灵附姜；

玄归棕灰各一两，五钱沉香与乳香。
研末二钱童便酒，胎前产后服之良。
【主治】产后恶露，心腹刺痛，久积瘀血，儿枕通用。
(《云林神彀·卷三·产后》)

### 失笑散

失笑散内五灵脂，蒲黄妙各一钱宜。
研末醋熬为膏子，白汤化服有神奇。
【主治】产后恶露，心腹刺痛，久积瘀血，儿枕通用。

### 柞木饮子

柞木饮子用生枝，甘草些须水煮之；
立候产母腹痛甚，温投一服见神奇。
【主治】产母腹痛。
(《云林神彀·卷三·产育》)

### 芎归调血饮

芎归调血茯陈姜，香附台乌熟地黄；
白术牡丹益母草，产后诸疾服之良。
【主治】产后诸疾。
(《云林神彀·卷三·产后》)

## 乳汁不通

### 通草汤

通草汤中用连翘，桔梗柴胡瞿麦饶；

青皮白芷天花粉，赤芍木通甘草苗。

【主治】乳汁不通，气血壅盛。

（《云林神彀·卷三·乳病》）

### 王不留行散

王不留行散木通，当归白芍与川芎；

生地天花各等分，猪蹄煎汤药有功。

【主治】乳汁不通，气血不足。

（《云林神彀·卷三·乳病》）

## 乳痈

### 螃蟹盖方

吹乳肿硬痛，螃蟹盖炒用；

研末每二钱，黄酒把药送。

【主治】吹乳乳痈。

（《云林神彀·卷三·乳病》）

### 生葱乳痈方

生葱捣一饼，摊在患乳上；

火罐覆葱饼，汗出即无恙。

【用法】生葱捣一饼摊在患乳上，火罐覆葱饼。

【主治】吹乳乳痈。

（《云林神彀·卷三·乳病》）

### 消毒饮

消毒饮中金银花，瓜蒌贝母皂刺佳；

天花白芷当归尾，甘草山甲共堪夸。
【主治】吹乳乳痈。
（《云林神彀·卷三·乳病》）

### 癥瘕

#### 一十六味流气饮

一十六味流气饮，芎归芪芍桂槟参；
枳桔防风乌药草，厚朴苏芷木香真。
【主治】妇人乳岩。
（《云林神彀·卷三·乳病》）

#### 桃仁红花煎

桃仁红花厚肉桂，香砂乳木并芎归。
牛膝枳实玄胡索，小茴厚朴牡丹皮。
【主治】经水久不通，腹胁块作痛，癥瘕血结聚。
（《云林神彀·卷三·妇人》）

## 第三节　儿科方剂歌诀

### 感冒

#### 羌活膏

羌活膏用独活参，麻梗芎前各五钱；

薄甘地骨三钱入，蜜丸弹子用姜研。

【主治】小儿感冒，风寒鼻塞，痰嗽喘热。

（《云林神彀·卷四·感冒》）

## 热证

### 大连翘饮

大连翘饮用防风，归芍车前滑草通；

瞿麦荆芥牛蒡子，蝉蜕柴胡栀子同。

【主治】小儿诸热，蕴积热毒。

（《云林神彀·卷四·诸热》）

## 咳嗽

### 蜜梨噙方

蜜梨噙方真切要，甜梨入蜜火煨透；

令儿早晚细嚼吞，咳嗽痰喘如神妙。

【主治】小儿咳嗽。

（《云林神彀·卷四·咳嗽》）

## 喘证

### 肺胀大黄方

小儿肺胀喘嗽，人人看作风喉；

大黄槟榔二牵牛，人参分两等匀；

五味研成细末，蜜水调量稀稠；
每将一字下咽喉，胜用神针法灸。
【主治】喘证。
(《云林神彀·卷四·喘急》)

### 祛痰巴豆方

小儿喉中痰喘促，巴豆去壳捣为丸。
绵裹男左女右鼻，须臾痰下免忧煎。
【用法】绵裹男左女右鼻。
【主治】喘证。
(《云林神彀·卷四·喘急》)

## 惊风

### 黄芪汤

黄芪汤治慢惊风，甘草人参三味同；
白芍一钱加入内，泻肝补肺有奇功。
【主治】慢惊风。
(《云林神彀·卷四·慢惊》)

### 牛黄抱龙丸

牛黄抱龙丸，胆星一两研；
五钱真天竺，牛黄五分先；
朱雄二钱半，麝珍琥一钱；
甘草膏丸药，金箔作衣穿；

每服二三粒，研化薄荷吞；
急慢惊风症，痰嗽喘热痊。
【主治】急慢惊风症，痰嗽喘热。
(《云林神彀·卷四·小儿科》)

### 醒脾散

醒脾散内用茯苓，木香白附子人参；
僵蚕全蝎天麻等，白术甘草炙相兼。
【主治】慢惊风。
(《云林神彀·卷四·慢惊》)

## 伤食

### 太和散

太和散内用苏陈，香附山楂神曲并；
麦芽枳术同甘草，食物诸疾用之灵。
【主治】小儿伤食，肚腹胀痛，发热呕吐。
(《云林神彀·卷四·诸热》)

### 增肉焦饼方

小儿面黄肌瘦，常服焦饼最妙；
莲肉茯苓麦芽，山药神曲扁豆；
薏苡甘草山楂，等分四两末后；
每曲一斤水和，烙熟饼来任嚼。
【主治】伤食。
(《云林神彀·卷四·伤食》)

## 疳疾

### 肥儿丸

肥儿参连曲麦楂，各用三钱半不差；
茯苓甘炙三钱重，五钱胡黄莫要夸；
使君去壳四钱半，芦荟二钱半煨佳；
黄米糊丸米汤下，疳癖功效满天涯。

【主治】疳癖。

(《云林神彀·卷四·疳疾》)

### 消疳饮

消疳饮内炒黄连，白术茯苓白芍先。
青皮泽泻山楂肉，甘草半姜枣共煎。

【主治】疳积。

(《云林神彀·卷四·疳疾》)

### 消疳四君汤

面黄眼肿肚腹胀，肚中一块或上下。
小便白色大便清，四君加入栀芜当。

【主治】疳积。

(《云林神彀·卷四·疳疾》)

## 汗证

### 小儿盗汗柴胡方

小儿盗汗发潮热，柴胡胡连等分切；

研末蜜丸芡实大，一丸水化酒少入。

重汤再煮二十沸，待温食后和渣啜。

【主治】汗证。

（《云林神彀·卷四·肥疮》）

## 行迟

### 五茄皮散

五茄皮散一加皮，二木瓜同牛膝宜；

米饮更浸些小酒，食前调服治行迟。

【用法】食前调服。

【主治】行迟。

（《小儿推拿方脉活婴秘旨全书·卷二·行迟大法歌》）

## 痘证

### 锦川经验化毒汤

锦川经验化毒汤，紫草升麻甘草良；

各秤五钱加糯米，黑陷不出是神方。

【主治】三日出痘。

（《云林神彀·卷四·痘疮》）

### 木香散

木香散内人参桂，半夏前胡大腹皮；

诃子赤茯苓甘草，陈皮丁香十一味。

【主治】三日收靥。

（《云林神彀·卷四·痘疮》）

## 内托散

内托散主是参芪，甘草梗朴芷芎归；

木香防风厚肉桂，能补痘疹气血虚。（十一味，煎熟药，入人乳、好酒同服，此贯脓巧法也）

【主治】三日不贯脓。

（《云林神彀·卷四·痘疮》）

## 牛蒡子饮

牛蒡子饮用芩连，赤芍白附子玄参；

羌活防风甘草入，前胡连翘用水煎。

【主治】痘后余毒。

（《云林神彀·卷四·痘疮》）

## 神功散

神功散内用参芪，白芍生黄柴草宜；

前胡红花牛蒡子，甘草妙剂是卢医。

【主治】三日出痘。

（《云林神彀·卷四·痘疮》）

## 异功丁香散

异功丁香及木香，茯苓人参白术良；

陈皮当归肉豆蔻，厚朴附子桂生姜。

【主治】三日收厌，寒战咬牙，痒塌泄泻。

（《云林神彀·卷四·痘疮》）

### 止汗黄芪方

出汗多不止，三钱嫩黄芪；
当归五钱重，酸枣一钱余；
水煎用一服，止汗有神奇。

【主治】痘证汗多。

(《云林神彀·卷四·痘疮》)

### 红花解渴方

发渴如烟起，红花或用子。
牛蒡各等分，水煎服即止。

【主治】痘证口渴。

(《云林神彀·卷四·痘疮》)

### 加味败毒散

加味败毒柴前胡，羌独荆防薄荷齐；
枳壳桔梗天麻等，地骨川芎病可除。

【主治】三日发热，红点未见。

(《云林神彀·卷四·痘疮》)

## 第四节　外科方剂歌诀

#### 疮疡

### 白龙方

白龙香油秤四两，煎入官粉二两研；

次入黄蜡化一两，纸摊汤洗后贴痊。

【主治】痈疽既溃。

(《云林神彀·卷四·痈疽》)

## 疔疮白矾丸

人患疔疮者，白矾溶化丸；

朱砂为衣用，嚼葱热酒吞；

一宜乌桕叶，捣汁顷服全；

一宜好生酒，芭蕉根浓研；

一宜白蚯蚓，擂酒吃安然；

一宜菊花叶，捣烂敷毒边。

【主治】疔疮。

(《云林神彀·卷四·疔疮》)

## 芙蓉膏

芙蓉膏用叶，黄荆子同列；

捣烂鸡清涂，留顶如手捻。

【主治】痈疽初溃。

(《云林神彀·卷四·痈疽》)

## 黄白方

黄白用黄柏，一两研细末；

轻粉入三钱，猪胆调和刷。

【主治】臁疮。

(《云林神彀·卷四·臁疮》)

### 经验神仙蜡矾丸

经验神仙蜡矾丸，三两黄蜡三两矾；
熔蜡为丸梧子大，二三十粒酒下痊。
【主治】痈疽初溃。
（《云林神彀·卷四·痈疽》）

### 荆防败毒散

荆防败毒羌独活，柴胡前胡并枳壳；
连翘甘桔金银花，茯苓川芎薄荷佐。
【主治】痈疽肿痛，病在初起。
（《云林神彀·卷四·痈疽》）

### 老军散

老军散治恶疔疮，半生半煨川大黄；
甘草节末等分用，二钱酒下即安康。
【主治】疔疮。
（《云林神彀·卷四·疔疮》）

### 类圣散

类圣散中川草乌，白芷苍术细辛咀；
薄荷防风甘草等，为末鸡清调和涂。
【主治】疔疮。
（《云林神彀·卷四·疔疮》）

### 千金内托散

千金内托用参芪，防风白芷并芎归；

桔梗厚朴甘草桂，金银加上更为奇。

【主治】痈疽既溃。

（《云林神彀·卷四·痈疽》）

## 千金消散

千金消散用连翘，黄芩赤芍大黄硝；

归尾金银皂角刺，天花牡蛎不须饶。

【主治】诸疮。

（《云林神彀·卷四·诸疮》）

## 三白散

三白散医疮肿毒，白及白蔹二两足；

枯矾五钱入水中，绵纸蘸水频搽处；

搽后将药敷其中，消毒止痛加神速。

【主治】疮肿毒。

（《云林神彀·卷四·诸疮》）

## 三春乳香方

三春乳香用二钱，松香三钱一处研；

为末油调用笋叶，刺孔摊药贴患边。

【用法】刺孔摊药贴患边。

【主治】臁疮。

（《云林神彀·卷四·臁疮》）

## 三神方

三神陈醋一碗半，蓖麻四十九个齐；

好盐一撮锅熬滚，槐搅熬膏涂四圈；

【主治】痈疽既溃。

(《云林神彀・卷四・痈疽》)

## 神仙刀箭药

神仙刀箭药，白及五钱末；

矿石灰不拘，乳竭少许着；

研末入牛胆，窨干候伤割；

少许掺患处，百中无一错。

【主治】金疮。

(《云林神彀・卷四・金疮》)

## 苏木红花归尾汤

杖打肿痛血攻心，苏木红花归尾寻；

大黄煎须童便酒，管教服下立安宁。

【主治】杖打肿痛血攻心。

(《云林神彀・卷四・杖疮》)

## 追风解毒汤

追风解毒四味先，荆防羌独威灵仙；

连翘金银归芍草，蒺藜僵蚕蝎要全。

【主治】血风疮。

(《云林神彀・卷四・血风疮》)

## 追风通气散

追风通气散白芷，木通赤芍草当归；

何首乌茴香枳壳，酒水同煎治痈疽。

【主治】痈疽肿痛，病在初起。

(《云林神彀·卷四·痈疽》)

## 结核

### 柴胡通经汤

柴胡通经当归尾，黄连黄芩牛蒡子；

三棱桔梗与连翘，甘草红花为佐使。

【主治】马刀结核。

(《云林神彀·卷四·马刀疮》)

### 化风七粒方

化风七粒蓖麻子，捻烂纸卷鸡子裹；

煨熟去麻只食蛋，一早二枚酒下吃。

【主治】结核瘰疬。

(《云林神彀·卷三·结核》)

### 项后疙瘩方

项后疙瘩色不变，不问大小深年月；

山药一块蓖麻子，三个研匀摊鼻贴。

【主治】颈后结核。

(《云林神彀·卷三·结核》)

### 清风化痰丸

清风化痰星半芍，防羌蚕蝎甘翘角；

枳桔陈麻膝附苍，金银天门木通著。

【主治】结核。

(《云林神彀・卷三・结核》)

## 瘰疬

### 内消朱竭方

内消朱竭各一钱，斑蝥去翅三分研；

空心一分烧酒下，未破已破立消然。

【主治】瘰疬。

(《云林神彀・卷四・瘰疬》)

### 神砂散

神砂散医老鼠疮，赤豆僵蚕瓜蒂良；

斑蝥去翅麻雀粪，等分为末二钱量；

五更无根水调下，小便出色见病详。

【主治】老鼠疮。

(《云林神彀・卷四・瘰疬》)

### 抑气内消散

抑气内消芎归芍，芷半青陈羌独活；

苓桔参术木香附，槟苏乌沉甘防朴。

【主治】瘰疬。

(《云林神彀・卷四・瘰疬》)

## 斑疹

### 芩连外洗方

外洗用芩连，防风薄荷先；
白芷黄芪柏，煎汤洗自痊。
【用法】外洗。
【主治】发斑。
（《云林神彀·卷四·发斑》）

### 人参化斑汤

人参化斑一钱参，石膏知母各三钱；
甘草五分米一撮，水煎一剂即安然。
【主治】斑疹。
（《云林神彀·卷二·斑疹》）

## 白癜风

### 癜风汗斑陀僧方

癜风与汗斑，陀僧用细研；
隔年酽醋和，一擦如旧颜。
【主治】白癜风与汗斑。
（《云林神彀·卷四·癜风》）

### 祛风神效丸

祛风神效丸，一斤好苦参；

首乌半斤重，菟丝四两全；
苁蓉枸杞子，蒺藜二两先；
胡麻蔓蒡膝，苍耳蛇床兼；
苍术金樱子，各秤一两研；
五钱甘草末，面丸温酒吞。

【主治】白癜风。

（《云林神彀·卷四·癜风》）

### 追风丹

追风丹用何首乌，苦参荆芥苍术殊；
皂角熬膏糊丸药，茶下空心五十余。

【主治】白癜风。

（《云林神彀·卷四·癜风》）

## 疥癣

### 浮萍散

浮萍散芎归，赤芍荆芥随；
麻黄甘草等，葱豉汗出奇。

【主治】癣疮。

（《云林神彀·卷四·癣疮》）

### 顽癣斑蝥方

顽癣斑蝥去足翅，淮枣煮熟去核皮；
捣烂和药贴患处，酒齄鼻病亦能医。

【主治】顽癣。

(《云林神彀·卷四·癣疮》)

### 洗疥汤

洗疥汤中马鞭草，荆芥防风苦参捣；
白矾花椒野菊花，水煎频洗立时好。

【主治】疥疮。

(《云林神彀·卷四·疥疮》)

### 仙子散

仙子散用威灵仙，首乌荆芥与苦参；
蔓荆五味为细末，二钱调酒日三吞。

【主治】疥疮。

(《云林神彀·卷四·疥疮》)

## 皮肤瘙痒

### 冷风丸

冷风疙瘩发瘙痒，荆防芎芷茯陈归；
何首乌药蚕蝉草，羌活苍术等分宜。

【主治】冷风疙瘩、瘙痒。

(《云林神彀·卷一·类中风》)

### 胡麻散

胡麻散治诸风毒，皮肤瘙痒顽麻木；
苦荆威灵何首甘，研末二钱薄汤服。

【主治】诸风毒，皮肤瘙痒顽麻木。

(《云林神彀·卷一·类中风》)

## 㿗疝/疝气

### 加减香苓汤

加减香苓棱莪术，陈枳苍麻通滑石；
玄胡川楝与车前，香附泽泻甘草入。

【主治】疝气发暑月。

(《云林神彀·卷三·㿗疝》)

### 木金没乳丸

木香金铃没乳香，参附玄茴全蝎藏；
等分为末酒丸药，空心百丸酒下良。

【主治】㿗疝。

(《云林神彀·卷三·㿗疝》)

### 神妙汤

神妙汤中玄胡索，木香香附川乌佐；
苍砂栀子益智仁，吴茱小茴当归锉。

【主治】疝气本肝经，湿热郁于中，寒气束于外。

(《云林神彀·卷三·㿗疝》)

### 文蛤散

文蛤即倍子，烧存性为末；
好酒调二钱，痛气立可遏。

【主治】㿗疝。

(《云林神彀·卷三·㿗疝》)

## 痔漏

### 赤芩痔肿方

痔疮肿痛有仙方，赤芍芩连蒸大黄；
枳壳连翘各等分，水丸百粒用清汤。
【主治】痔漏。
（《云林神彀·卷三·痔漏》）

### 当归连翘汤

当归连翘汤地榆，荆防白芷草山栀；
阿胶参术怀生地，芍药黄芩在后随。
【主治】痔漏。
（《云林神彀·卷三·痔漏》）

### 花葱艾汤

外宜花根葱头艾，五倍皮硝马齿菜；
茄根煎水频熏洗，连洗数次立可瘥。
【主治】痔漏。
（《云林神彀·卷三·痔漏》）

### 黑白散

黑白散内二牵牛，为末钱半入猪腰；
纸裹火煨空心服，打下脓血立时消。
【主治】痔漏。
（《云林神彀·卷三·痔漏》）

## 秦艽苍术汤

秦艽苍术汤大黄，桃仁泽泻与槟榔；
黄柏防风归皂子，痔疮服之免受殃。
【主治】痔漏。
（《云林神彀·卷三·痔漏》）

## 神雷汤

神雷汤中归大黄，芫荑鹤虱枳苓防；
苏子蝉蚕龟鳖甲，木贼皂刺是仙方。
【主治】痔漏。
（《云林神彀·卷三·痔漏》）

## 三朴丸

三朴丸中赤白茯，没药二两各秤明；
故纸四两石臼捣，酒浸春秋日三平；
秋浸二日冬五日，取出笼蒸晒干成；
研末酒糊梧子大，空心五十酒吞灵。
【主治】痔漏。
（《云林神彀·卷三·痔漏》）

## 五九散

五九散内牵牛黄，倍子莲须一两强；
矾红当归五钱入，没药乳香一钱良；
黄连三钱共为末，五分加至九分当；
牙猪肉汤加酒和，空心五服见神方。

【主治】痔漏。

(《云林神彀·卷三·痔漏》)

### 痔漏芎归秘方

痔漏原来有秘方，芎归白芍与生姜；

芩连荆芥乌梅子，槐角升麻并枳防。

【主治】痔漏。

(《云林神彀·卷三·痔漏》)

## 脱肛

### 提气散

提气散内芍当归，升麻柴胡与参芪；

白术羌活炙甘草，炒干姜治肺寒虚。

【主治】脱肛。

(《云林神彀·卷三·脱肛》)

### 提肛法

洗法白矾五倍锉，水煎温洗荷叶托。

或用死鳖头烧灰，敷于肛上即安乐。

【用法】白矾五倍水煎后，温洗荷叶托；死鳖头烧灰敷于肛上。

【主治】脱肛。

(《云林神彀·卷三·脱肛》)

## 便毒

### 便毒初作大黄方

便毒初作者，三钱生大黄；

柏矾一钱末，酒调一服良。

【主治】便毒。

（《云林神彀·卷四·便毒》）

### 鱼口芷黄方

人患鱼口疮，白芷并大黄；

水煎露一宿，空心温服良。

【主治】便毒。

（《云林神彀·卷四·便毒》）

### 鱼口百草霜

人患鱼口疮，五倍百草霜；

研末调醋贴，一日即平安。

【主治】鱼口疮。

（《云林神彀·卷四·便毒》）

## 破伤风

### 大川芎黄汤

大川芎黄汤，黄芩并大黄；

更有羌活等，四味共煎汤。

【主治】破伤风邪，传入于里。

（《云林神彀·卷四·破伤风》）

### 羌活防风汤

羌活防风汤，川芎白芍当；

地榆并藁本，细辛甘草良。

【主治】破伤风邪，初尚在表。

（《云林神彀·卷四·破伤风》）

### 追风散

追风散内用荆防，僵蚕白芷与麻黄；

当归茯苓薄荷叶，天麻甘草共煎汤。

【主治】破伤风症，不省人事，角弓反张。

（《云林神彀·卷四·破伤风》）

## 水火烫伤

### 保生救苦散

保生救苦散大黄，黄柏寒水石为良；

等分为末油搽上，火烧汤烫立安康。

【主治】火烧汤烫。

（《云林神彀·卷四·汤水疮》）

### 火烧汤烫鸡清方

火烧汤烫厄，鸡清磨京墨；

涂上温纸盖，其痛立可得。

【主治】汤烫火烧伤。

(《云林神彀·卷四·汤水疮》)

### 汤烫火烧大黄方

汤烫火烧伤，大黄研末良；

蜜水调搽上，止痛是仙方。

【主治】汤烫火烧伤。

(《云林神彀·卷四·汤水疮》)

## 第五节　五官科歌诀

### 眼目病

#### 救苦芩连柴汤

救苦芩连柴柏麻，芎归龙胆草红花；

羌防翘梗苍知母，生地藁本细辛佳。

【主治】目赤肿痛。

(《云林神彀·卷三·眼目》)

#### 目肿黄连汤

眼目肿痛涩开难，黄连去芦五钱研；

薄荷减半鸡清和，隔纸涂眼病当痊。

【用法】隔纸涂眼。

【主治】目赤肿痛。

（《云林神彀·卷三·眼目》）

## 四明饮

四明饮大黄，泽泻葛花攒；

石决用火煅，白水共煎尝。

【主治】目赤肿痛。

（《云林神彀·卷三·眼目》）

## 神秘羊肝百胆丸

神秘羊肝百胆丸，乌发明目效通玄；

老人血衰筋骨痛，除淋滋水养丹田；

黑雄羊肝用一具，去筋切碎要新鲜；

再入羊胆至百个，夜浸日晒待干研；

柏子川芎生地芍，各五四两莫教偏；

酒浸当归身八两，地黄捣烂作膏丸；

空心百粒盐汤下，留取仙方海内传。

【主治】目暗不明。

（《云林神彀·卷三·眼目》）

## 退血散

退血散中芎归芍，栀翘芩防荆薄荷；

蒺藜白芷甜葶苈，生地桑皮灯草和。

【主治】目赤肿痛。

（《云林神彀·卷三·眼目》）

### 洗肝明目归芎汤

洗肝明目归芎芍，生地芩连荆防佐；
栀翘藁薄羌菊花，蔓蒺草决梗可锉。
【主治】目赤肿痛。
（《云林神彀・卷三・眼目》）

### 羊肝丸子

羊肝丸子用芎归，薄菊荆防羌活宜；
各用三钱研细末，黄连一两紧相随；
白乳羊肝生一具，捣为丸子水吞之；
不问诸般患眼疾，昏花翳瘴总能医。
【主治】眼花目翳。
（《云林神彀・卷三・眼目》）

### 滋肾明目四物汤

滋肾明目四物汤，生参菊花生地黄；
桔梗山栀蔓荆子，黄连白芷草煎汤。
【主治】目昏不明。
（《云林神彀・卷三・眼目》）

## 耳病

### 葱白入麝法

气闭耳聋用葱白，一头入麝送耳中；
外头以艾炙一燋，管教聋闭玄时通。

【用法】葱白一头入麝送耳中，外头以艾灸一燋。

【主治】耳聋。

（《云林神彀·卷三·耳病》）

## 独胜丸

独胜丸治耳鸣聋，黄柏乳汁浸晒干；

盐水再炒面丸药，空心盐汤服有功。

【主治】人耳右聋者。

（《云林神彀·卷三·耳病》）

## 龙胆汤

龙胆汤中用胆星，当归栀子并连芩；

陈皮木香香附子，干姜青黛与玄参。

【主治】人耳左聋者。

（《云林神彀·卷三·耳病》）

## 荆芥连翘汤

荆芥连翘用防风，柴胡栀子芍归芎；

枳壳黄芩咸甘草，白芷桔梗总相同。

【主治】两耳肿痛。

（《云林神彀·卷三·耳病》）

## 蔓荆子散

蔓荆子散用升麻，木通桑白赤苓加；

赤芍生黄炙甘草，前胡麦门甘菊花。

【主治】两耳出脓。

(《云林神彀·卷三·耳病》)

## 全蝎耳聋汤

耳聋多因肾虚致，全蝎生姜等分制；

炒至生姜干为末，三钱酒调临睡吃；

二更尽量醉饮之，次日耳作笙声是。

【主治】耳聋。

(《云林神彀·卷三·耳病》)

## 通明利气解毒汤

通明利气解毒汤，生地苍白术槟榔；

抚芎陈皮香附米，贝母玄参草木香。

【主治】气闭作耳聋。

(《云林神彀·卷三·耳病》)

## 细辛蜡熔丸

耳聋不听言，细辛蜡熔丸；

绵裹入耳内，数日即安痊。

【用法】绵裹入耳内。

【主治】耳聋。

(《云林神彀·卷三·耳病》)

### 滋肾通耳汤

滋肾通耳汤知母，芎归白芍并香附；
柴胡白芷生地黄，黄连黄芩酒炒助。
【主治】耳聋。
（《云林神彀·卷三·耳病》）

### 滋阴地黄汤

滋阴地黄干山药，茯苓知柏芎归芍；
泻泽远志石菖蒲，山茱牡丹皮同佐。
【主治】人耳右聋者。
（《云林神彀·卷三·耳病》）

## 鼻病

### 鼻渊参芷芎归汤

鼻渊出涕日长流，参芷芎归茯麦求；
荆防薄蔓秦艽草，香附苍耳一两头；
天竺三钱研细末，蜜丸梧子米汤投。
【主治】鼻渊。
（《云林神彀·卷三·鼻病》）

### 当归活血汤

当归活血芍防风，芩梗栀翘薄芷芎；
牡丹红花甘草入，荆芥姜茶大有功。

【主治】鼻头紫黑者。

（《云林神彀·卷三·鼻病》）

### 荆芥连翘汤

荆芥连翘汤薄荷，柴胡芎归生地和；

白芷防风芩梗芍，山栀甘草不须多。

【主治】胆移热于脑，则辛额鼻渊，浊涕下不已，常常如涌泉。

（《云林神彀·卷三·鼻病》）

### 丽泽通气汤

丽泽通气汤黄芪，生葛苍麻黄白芷；

甘草防风羌独活，川椒煎服气通之。

【主治】肺经有风热，鼻不闻香臭。

（《云林神彀·卷三·鼻病》）

### 清血四物汤

清血四物用芎归，白芍生地茯陈皮；

黄芩红花甘草减，水煎调下五灵脂。

【主治】酒齄鼻。

（《云林神彀·卷三·鼻病》）

### 通窍汤

通窍汤用羌防风，干葛升麻黄芷芎；

藁本细辛苍术草，引用花椒姜并葱。

【主治】感冒风与寒，鼻塞声音重，清涕忽长流。

(《云林神彀・卷三・鼻病》)

## 口舌病

### 加减凉膈散

加减凉膈散连翘，枳桔芩连栀子饶。

生地当归薄荷叶，甘草芍药免忧愁。

【主治】口疮。

(《云林神彀・卷三・口舌》)

### 赴宴散

赴宴散中芩连柏，栀子细辛干姜则。

等分为末用少许，搽于患处立可得。

【主治】口疮。

(《云林神彀・卷三・口舌》)

### 绿袍散

绿袍黄柏一两研，再加青黛末三钱。

每用少许搽患处，噙之良久吐出涎。

【用法】每用少许搽患处。

【主治】口疮。

(《云林神彀・卷三・口舌》)

## 齿病

### 擦牙乌发茯苓方

擦牙乌发白茯苓，要好辽东香细辛；
倍子牙皂妙存性，等分研末擦牙灵。

【主治】发白。

（《云林神彀·卷三·牙齿》）

### 擦牙药

擦牙止痛固齿，石膏火煅斤许；
四两真正青盐，再加二两白芷；
细辛一两为末，一擦牙疼立止。

【主治】牙齿松。

（《云林神彀·卷三·牙齿》）

### 当归连翘饮

当归连翘饮白芷，细辛生地草山栀；
荆芥白芍并羌活，黄芩川芎水煎之。

【主治】开口呷风；开口臭气。

（《云林神彀·卷三·牙齿》）

### 定痛散

定痛散内用连翘，当归生地细辛椒；
桔梗苦参并白芷，乌梅黄连甘草饶。

【主治】虫食而痛者。

(《云林神彀·卷三·牙齿》)

## 甘露饮子

甘露饮子枇杷叶，石斛茵陈枳壳切；

甘草生熟地黄芩，天麦门冬清客热。

【主治】牙龈宣露者。

(《云林神彀·卷三·牙齿》)

## 固齿白蒺方

固齿白蒺并生地，故纸炒各二两是；

没石四个附四两，青盐两半擦牙齿。

【主治】牙齿松。

(《云林神彀·卷三·牙齿》)

## 马蜂蒺藜椒艾汤

马蜂窝与白蒺藜，花椒艾叶葱蒂须；

荆芥细辛香白芷，醋煎噙漱吐为奇。

【主治】牙痛。

(《云林神彀·卷三·牙齿》)

## 清胃散

清胃散生地黄连，牡丹当归身要全；

升麻入水同煎服，止痛如神不可传。

【主治】牙痛不可忍。

(《云林神彀·卷三·牙齿》)

## 噙漱药

川乌草乌与防风，荆芥薄荷紫苏同；

半夏甘草同黑豆，花椒艾叶水三钟；

煎至七分来嗽口，牙疼齿痛永无踪。

【主治】治牙肿痛，风牙虫牙，牙动牙长，痛不可忍。

(《云林神彀·卷三·牙齿》)

## 乌发固齿补肾方

乌发固齿补肾方，白芍芎归熟地黄；

荆附枸膝二两半，故纸两半要相当；

细辛三钱升麻五，青盐三两共研良；

老米一升做丸药，阴干罐固火烧桑；

存性为末频擦齿，滚汤漱咽永无伤。

【主治】牙齿松。

(《云林神彀·卷三·牙齿》)

## 泻胃汤

泻胃汤中归赤芍，川芎生地南薄荷；

防风荆芥山栀子，牡丹黄连甘草和。

【主治】牙痛不可忍。

(《云林神彀·卷三·牙齿》)

## 咽喉病

### 加味四物汤

加味四物汤，黄柏知母藏；

桔梗天花粉，甘草水煎尝。

【主治】血虚火上升，喉痛生疮痛。

（《云林神彀·卷三·咽喉》）

### 清凉散

清凉散子甘桔梗，栀翘芩连枳壳等；

防风当归生地黄，薄荷频服休教猛。

【主治】喉痹。

（《云林神彀·卷三·咽喉》）

### 清咽利膈散

清咽利膈散芩连，栀翘荆活草玄参；

薄荷硝黄牛蒡子，金银花与防风全。

【主治】咽喉疼痛。

（《云林神彀·卷三·咽喉》）

### 驱风散毒散

驱风解毒散防风，荆芥连翘一处攒；

甘草羌活牛蒡子，水煎食后奏神功。

【主治】痄腮。

（《云林神彀·卷三·咽喉》）

## 咽毒细巴散

咽喉肿毒死须臾，细辛为末一钱齐；

巴豆五分同捣烂，纸卷塞鼻免灾危。

【用法】纸卷塞鼻。

【主治】咽喉肿痛。

（《云林神彀·卷三·咽喉》）

# 第三章 四诊歌诀

# 第一节 望诊歌诀

## 一、形色外诊歌诀

观形察色辨因由，阴弱阳强发硬柔。

若是伤寒双足冷，要知有热肚皮求。

鼻冷便知是疮疹，耳冷应知风热证；

浑身皆热是伤寒，上热下冷伤食病。

五指梢头冷，惊来不可当。

若逢中指热，必定是伤寒。

中指独自冷，麻痘证相传。

女右男分左，分明仔细看。

（《云林神彀·卷四·小儿科》）

编者注:《万病回春·卷之七·儿科》《寿世保元·卷八·儿科总论》《济世全书·坤集·卷七》《古今医鉴·卷十三·入门审候歌》也录有本歌诀。

## 二、观面部五色歌

面赤为风热，面青惊可详。

心肝形此见，脉证辨温凉。

脾怯黄疳积，虚寒皖白光。

若逢生黑气，肾败命须亡。

下颏属肾水（北），左腮属肝木（东），额上属心火（南），鼻准属脾土（中），右腮属肺金（西）。

小儿三岁以下，有病须看男左女右手，虎口三关。从第二指侧看，第一节名风关，第二节名气关，第三节名命关。辨其纹色，紫者属热，红者属寒，青者惊风，白者疳病，黑者中恶，黄者脾之困也。若现于风关为轻，气关为重，过于命关则难治矣。

(《云林神彀・卷四・小儿科》)

编者注:《古今医鉴・卷十三・观面部五色歌》也录有本歌诀。

### （一）心辨证歌诀

心经有冷目无光，太阴黑目无光彩，此心经冷也。

面赤须言热病当，面颊赤色，此为心有热也。

赤在山根惊四足，山根赤色，心经生风，下至准头，恶也。积看虚肿起阴阳。

三阴三阳虚肿，心有积也。

### （二）肝辨证歌诀

肝经有冷面微青，面青为肝受冷，主发惊也。

有热眉胞赤又临，眉上有红赤，为肝有热也，发际白言惊气入。发际至印堂略白者，为肝惊也。

食仓黄是积果深，眉上有红赤，为肝有热也。

### （三）脾辨证歌诀

脾冷应知面色黄，面黄，印堂反白者，为脾冷也。

三阳有白热为殃，三阳上白者，为脾热也。青居发际主惊候，发际及印堂色青者，脾惊也。

唇口皆黄是积伤。

上、下唇黄，为脾受积也。

### （四）肺辨证歌诀

肺受面白冷为由，白色在面皮及人中，或青者，皆肺冷也。

热赤人中及嘴头，人中及嘴头有赤者，肺有热也。

青在山根惊四足，山根青色，是肺受惊也。

热居发际积为仇。发际赤色，乃有积也。

### （五）肾辨证歌诀

面黑当知肾脏寒，面带黑者，肾有冷也。

食仓红是热须看，食仓红者，肾有热也。

风门黄可言惊入，风门黄者，肾有惊也。

两目微沉积所干。两目微沉，是积在肾也。

（《古今医鉴·卷十三·观面部五脏形色歌》）

## 三、小儿面部捷径歌此色与三关看法同

舌纹交错紫兼青，急急求医免命倾，

盛紫再加身体热，定知啼哭见风生。

紫少红多六畜惊，紫红相并即疳成，

紫点有形如米粒，伤风积食证堪评。

紫散风传脾脏间，紫青口渴是风痫，

紫隐深沉难疗治，风痰祛散命须还。

红赤连兮赤略轻，必然乳母不相应，
两手忽然无脉见，定知冲恶犯神灵。
黑轻可治死还生，红赤伤寒痰积停，
赤青脾受风邪症，青黑脾风作慢惊。
（《小儿推拿方脉活婴秘旨全书·卷一·面部捷径歌》）

## 四、小儿面部险症歌

额上红多热燥多，若逢青色急惊疴，
形如昏暗多应死，青贯山根奈若何？
囟门肿起定为风，此候应知最是凶，
忽陷成坑如盏足，不过七日命应终。
印堂青色搐惊多，红主心惊白主和，
或见微微青紫色，只因客忤症相过。
山根青现两遭惊，紫色伤脾吐泻因，
红色夜啼声不歇，若逢白色死之形。
年寿黄为吐泻基，若然皖白是为虚，
两颐赤为啼哭热，更兼黄色吐因之。
鼻准微黄紫庶几，深黄死症黑应危，
人中短缩缘吐利，黑形唇反定难医。
鼻门黑燥渴难禁，面黑唇青命不存，
肚大青筋俱恶候，更嫌身有直身纹。
唇上鲜红润者平，燥干红热即黄生，
白形失血青惊重，黑纹绕口死之征。
承浆青色食时惊，黄多吐逆是真形，

烦躁夜啼青主吉，金匮青生亦主惊。
青脉生于左太阳，须惊一度见推详，
赤是伤寒微燥热，黑青知是乳多伤。
右边青脉不须多，有则频惊怎奈何？
红赤为风抽眼目，黑青三日见阎罗。
忽见眉间紫带青，看来立便见风生，
青红碎杂风将起，久病眉红是死形。
白睛青色有肝风，有积黄形不及瞳，
若见黑精黄色现，伤寒发疸是其踪。
两颊风池二气黄，躁啼吐逆色鲜红，
更如火煅还多燥，肺家客热死非空。
两颊黄为痰塞咽，青色肝风红主热，
赤是伤寒黄主淋，二色精详分两颊。
左腮红为痰气盛，右腮红是风寒症，
面而黧黑危急形，面带微红惊且热。
面白黄多吐利因，面青唇白急惊成，
面白唇青方疟疾，面多白色腹中疼。
面红唇赤是伤寒，面目皆黄湿热端，
面黄弄舌心烦躁，面肿虚浮咳利干。
两眉红主夜啼多，眉皱头疼痢疾呵，
眼胞浮肿咳之久，不尔因疳疟痢疴。
瞑目昏昏似睡兮，不转睛而半露征，
纵开目内无光彩，此症由来号慢脾。
耳轮干燥骨蒸容，耵聍耳内自流脓，
耳轮冰冷知麻痘，耳后红丝缕亦同。

鹅口口中皆白垢，脾热必然多口臭，
鱼口鸦声最不祥，舌唇黑色应难救。
口张出舌是惊风，重舌木舌热干中，
舌上生舌阳毒结，舌上生芒刺亦可。
舌上白滑亦难医，舌上黑苔全不和，
舌上黑色命将休，舌卷难言死可知。
咬牙寒战痘疮传，牙根出因是牙鲜，
牙根白色泻痢急，齿嚼咬人不久延。
牙槁焦枯脾热致，牙折肾经疳积是，
牙床痒塌咬牙疳，牙关紧急惊风使。
口沫啼叫虫痛乎，涎来清白胃寒虚，
吐涎黄水非良候，壅塞风痰吐尽奇。
呵欠面黄脾土虚，面青呵欠是惊迷，
面红呵欠为风热，呵欠久病阴阳离。
呵欠气热是伤寒，呵欠喘急伤风传，
多眠呵欠因疲倦，呵欠烦闷痘疮传。
（《小儿推拿方脉活婴秘旨全书·卷一·面部险症歌》）

## 第二节　脉诊歌诀

### 一、病因脉歌诀

#### （一）内因脉喜怒忧思悲恐惊，内应气口。

喜则伤心脉必虚，思伤脾脉结中居；

因忧伤肺脉必涩，怒气伤肝脉便濡；
恐伤于肾脉沉是，缘惊伤胆动相须；
脉紧因悲伤胞络，七情气口内因之。
(《寿世保元·卷一·内因脉》)
编者注:《古今医鉴·卷一·内因脉》也录有本诗歌。

## (二)外因脉风寒暑湿燥火，外应人迎

紧则伤寒肾不移，虚因伤暑向胞推；
涩缘伤燥须观肺，细缓伤湿要观脾；
浮则伤风肝部应，弱为伤火察心知；
六部各脉须当审，免使将寒作热医。
(《寿世保元·卷一·外因脉》)
编者注:《古今医鉴·卷一·外因脉》也录有本诗歌。

## (三)不内不外因脉

劳神役虑定伤心，虚涩之中仔细寻。
劳役阴阳伤肾部，忽然紧脉必相侵。
房帷任意伤心络，微涩之中宜忖度。
疲极筋力便伤肝，指下寻之脉弦虚。
饮食饥饱并伤脾，未可轻将一例推。
饥则缓弦当别议，若然滑实饱无疑。
叫呼损气因伤肺，燥弱脉中宜熟记。
能通不内外中因，生死吉凶都在是。
(《古今医鉴·卷一·不内不外因脉》)

## 二、论五脏见四脉应病诗

### （一）左寸心部

浮数头疼热梦惊，浮迟腹冷胃虚真；
沉数狂言并舌强，沉迟气短力难成。

### （二）左关肝部

浮数患风筋即抽，浮迟冷眼泪难收；
沉数背疮常怒气，沉迟不睡损双眸。

### （三）左尺肾部

浮数劳热小便赤，浮迟阴肿浊来侵；
沉数腰疼生赤浊，沉迟白浊耳虚鸣。

### （四）右寸肺部

浮数中风喉热闭，浮迟冷气泻难禁；
沉数风痰并气喘，沉迟气弱冷涎停。

### （五）右关脾部

浮数龈宣并盗汗，浮迟胃冷气虚膨；
沉数热多并口臭，沉迟腹满胀坚生。

### （六）右尺命门部

浮数泄精三焦热，浮迟冷气浊时临；

沉数渴来小便数，沉迟虚冷小便频。

(《寿世保元·卷一·论五脏见四脉应病诗》)

## 三、危重脉歌诀

### (一)死绝脉

雀啄连来三五啄，屋漏半日一点落；

弹石硬来寻即散，搭指散乱真解索；

鱼翔似有亦似无，虾游静中跳一跃；

寄语医家仔细看，六脉见一休下药。

(《古今医鉴·卷一·死绝脉》)

### (二)动止脉

一动一止两日死，两动一止四日�，

三动一止六日亡，四动一止八日事，

五动一止只十日，十动一止一年去，

春草生时即死期。二十一动二年住，

清明节后始倾亡。三十动止三年次，

立秋节后病则危。四十动止四年次，小麦一熟是死期。

五十一止五年试，草枯水寒时死矣。此为《太素》脉玄秘。

(《古今医鉴·卷一·动止脉》)

### (三)定死脉形候歌

指下如汤沸涌时，旦占夕死定无疑。

尾掉摇摇头不动，鱼翔肾绝亦如期。

去疾来迟势劈劈，命绝脉来如弹石。

三阳谷气久虚空，胃气分明屋漏滴。

散乱还同解索形，髓竭骨枯见两尺。

虾游状如虾蟆游，魂去行尸定生忧。

雀啄连连来数急，脾无谷气定难留。

欲知心绝并营绝，如刀压力细推求。

更有肺枯并胃乏，如麻蹙促至无休。

指下浑然如转豆，三光正气已漂流。

（《寿世保元·卷一·定死脉形候歌》）

## （四）诊杂病生死脉歌

五十不止身无病，数内有止皆知定。

四十一止一脏绝，却后四年多没命。

（《寿世保元·卷一·诊杂病生死脉歌》）

## （五）诊暴病歌

两动一止或三四，三动一止六七死；

四动一止即八朝，以此推排但依次。

又歌曰：

寸平无病何谓死，尺泽原来脉不存；

君知此理是何物，犹如草木已无根。

（《寿世保元·卷一·诊暴病歌》）

# 第三节 儿科诊法歌诀

## 一、小儿脉法总歌

### （一）入门先知诀

生死入门何处断，指头中用掐知音；
此是小儿真妙诀，更于三部看何惊。
（《小儿推拿方脉活婴秘旨全书·卷一·入门先知诀》）

### （二）小儿寸口脉歌诀

小儿有病须凭脉，一指三关定数息。
迟冷数热古今传，浮风沉积当先识。
左手人迎主外证，右手气口主内疾。
外候风寒暑湿侵，内候乳食痰与积。
洪紧无汗是伤寒，浮缓伤风有汗液。
浮洪多是风热盛，沉细原因乳食积。
沉紧腹中痛不休，弦紧喉间作气急。
紧促之时疹痘生，紧数之际惊风至。
虚软慢惊作瘈疭，紧实风痫发搐搦。
软而细者为疳虫，牢而实者因便闭。
脉芤大小便中血，虚濡有气兼惊悸。
滑主露湿冷所伤，弦急客忤君须记。

大小不匀为恶候，二至为脱三至卒，
五至为虚四至损，六至平和曰无疾，
七至八至病犹轻，九至十至病势极，
十一二至死无疑，此诀万中无一失。
(《云林神彀·卷四·小儿科》)

编者注:《万病回春·卷之七·小儿科·小儿脉法总歌》《寿世保元·卷八·小儿脉歌》《小儿推拿方脉活婴秘旨全书·卷一·寸口脉诀歌》也录有本歌诀。

小儿有病须凭脉，一指三关定其息；
浮洪风盛数多惊，虚冷沉迟定有积。
小儿一岁至三岁，呼吸须将八至看；
九至不安十至困，短长大小有形千。
小儿脉紧是风痫，沉脉须知乳化难；
腹痛紧弦沉实秘，沉而数者骨中寒。
小儿脉大多因热，沉细原因乳食结；
弦长多隔肝风，紧数寒惊四肢掣。
浮洪胃口似火烧，沉痾腹中痛不歇；
虚滞有气更兼风，肺孔多痢大肠血；
脏腑三部脉来分，但以浮沉迟数则；
风痰疾喜迟而浮，急大洪数儿不瘳。
紧大邪气风痫作，弦急寒邪风冷求；
寒疟脉弦而带迟，热疟脉弦而带数。
下简之脉喜细微，浮大见时难用药；

吐泻顺脉小而微，乳后辄吐脉乱宜。
中暑霍乱客浮大，最嫌沉细与沉迟；
急惊之脉弦数急，慢惊之脉宜沉细。
疳积诊时洪大宜，沉细必然无药治；
水肿浮大得延生，细沉难以望安宁。
吐衄腹痛沉细吉，浮数弦长药不灵；
紧数细快无他疾，沉缓不能消乳食；
气喘身热宜滑净，脉涩四肢寒者危。
（《小儿推拿方脉活婴秘旨全书·卷一·寸口脉诀歌》）

## 二、小儿指脉歌

小儿食指辨三关，男左女右一般看。
皆知初气中风候，末是命门易亦难。
要知虎口气纹脉，倒指看纹分五色，
红黄安乐五脏和，红紫依稀有损益，
紫青伤食气虚烦，青黑之时证候逆，
忽然纯黑在其间，好手医人心胆寒。
若也直上到命关，粒米短长分两端，
如枪冲射惊风至，分作枝叉有数般，
弓反里顺外为逆，顺逆交连顺已难。
叉头上短犹可救，如此医人仔细看。
初看掌心中有热，便知身体热相从，
肚热脚冷伤积定，脚热额热是感风。

额冷脚热惊所得，疮疹发来耳后红。
孩子无事忽大叫，不是惊风是天吊，
大叫气促长声粗，误吃热毒闷心窍，
急须吐下却和脾，若将惊药真堪笑。
痢后努气眉头皱，不努不皱肠有风，
冷热不调分赤白，脱肛因毒热相攻，
十二种痢何为恶，噤口刮肠大不同。
孩儿有病不可下，不热自汗兼自泻，
神困囟陷四肢冷，干呕气虚神怯怕，
吐虫面白毛憔悴，腑气潮热食不化，
鼻塞咳嗽及虚痰，脉细肠鸣烦躁讶，
方将有积与疏通，下了之时必生诧。
孩儿实热下无辜，面赤睛红气壮强，
脉大弦洪肚上热，痄腮喉痛尿如汤，
屎硬腹胀胁肋满，四肢浮肿夜啼长，
遍体生疮肚隐痛，下之必愈是为良。
(《寿世保元・卷八・脉指歌》)

## 三、虎口望诊歌

### (一)虎口脉纹五言独步歌

虎口脉纹多，须知气不和，
色青惊积聚，下乱泻如何?

青黑慢惊发，入掌内吊多，
三关若通度，此候必沉疴。
青红惊急症，黄黑水伤残，
紫色生惊搐，红筋热在肝。
关中存五色，节节见纹斑，
风关通九窍，色色是风纹。
关中青与白，定是食伤生，
气关从气论，因气便成形。
未过三关节，相逢可贺生，
命关生死路，风气两相攻。
过了三关节，良医总是空，
五指梢头冷，惊来不可当。
梢头如火喷，原因食伤夹，
若逢中指热，必定是伤寒。
中指独自冷，麻痘症相传，
红纹如线样，伤风发搐惊。
右手病在脏，食伤惊积生，
纹见三叉祥，生痰夜作声。
有青并有黑，吐泻搐非轻，
赤多因隔食，青是水风伤。
筋纹连大指，阴症候相当，
悬针主泻吐，生死定不祥。
手足软腹胀，吐乳乳之伤，

鱼口鸦声现，犬咬并人伤。

黑时因中恶，白疳黄脾伤，

青色大小曲，人惊并四足。

赤色大小曲，水火飞禽扑，

黄紫大小曲，伤米面鱼肉。

黑色大小曲，脾风来作搐，

囟门八字天，三关惊透亡。

黑目相冲恶，掌冷亦堪伤，

手足麻冷死，歪斜恐难当。

口意心拽并，气吼此儿亡，

鼻红兼嘴黑，华胥入梦乡。

（《小儿推拿方脉活婴秘旨全书·卷一·虎口脉纹五言独步》）

### （二）虎口三关察症歌

欲知虎口何处是？男左女右第二指；

先分风气命三关，细察根源寻妙理。

初得病时见风关，稍进惊痰气关里；

若到命关直透时，危急存亡须审视。

色红易疗紫则进，青极变黑终不治；

纹青枝紫伤风症，纹紫枝红伤寒病。

肺热时结红米粒，黑色透唇伤暑论；

青纹泻痢胃家寒，白色微微却是疳。

枝赤涎潮胸否膈，黄纹隐隐困脾端；

枝形恰似垂钓样，风寒二症分其向。
向外伤风有汗形，向内伤寒无汗恙；
关上枝青鱼刺形，惊疳虚风三部分。
枝直悬针青黑色，水惊肺热慢脾并；
枝如水字三关有，咳嗽积滞风疳久。
枝如乙字青红纹，总是惊风慢脾咎；
一曲如环乳食伤，两曲如钩冷之端。
三曲长虫伤硬物，双钩脉样定伤寒；
枝形或若似弯弓，如环如虫又不同。
乱纹十物如川字，食积疳成五脏风。
（《小儿推拿方脉活婴秘旨全书·卷一·虎口三关察症》）

## 四、三关纹色主病歌

紫热红伤寒，青惊白是疳，
黑时因中恶，黄即困脾端，
青色大小曲，人惊并四足，
赤色大小曲，水火飞禽扑，
紫色大小曲，伤米面鱼肉，
黑色大小曲，脾风微作搐。
（《云林神彀·卷四·小儿科》）

编者注:《万病回春·卷之七·小儿科·三关脉纹主病歌》《古今医鉴·卷十三·三关纹色主病歌》也录有本歌诀。

## 五、小儿五脏主病脉歌

### （一）心脉歌

心脉浮数惊与热，伤暑焦啼明白诀；

吊肠疝气及盘肠，壅结口疮小腑涩；

心脉沉迟脏腑寒，诸气有冷痛难当；

小便频数肠中冷，下指端详仔细看。

### （二）肝脉歌

肝脉浮数定主风，目赤翳膜又主筋；

流泪出血眼生眵，或痒或痛怕羞明；

肝脉沉迟主有寒，面青唇白眼喜张；

诸病传入慢风候，良医仔细要参详。

### （三）脾脉歌

脾脉浮数热痰涎，能食胃恶脾脏竖；

滞颐口疮停壅结，唇红脸赤胃中热；

脾脉沉迟主风吹，更加吐泻慢脾传；

气虚胃弱不能食，滞颐呕恶醒脾丸。

### （四）肺脉歌

肺脉浮数主便血，伤寒咳嗽遍身热；

气急痰甚或疮疹，泻痢潮热大腑涩；

肺脉沉迟主虚寒，脏腑滑肠或洞泄；

仍有咳嗽与痰涎，下根不定即无根。

### （五）肾脉歌

肾脉浮数实有热，偏坠膀胱痛又赤；
口臭咬牙是肾惊，火热齿内出鲜血；
肾脉沉迟定有寒，脏腑停留入肾囊；
偏坠膀胱尤不痛，浮而虚大最难当。
（《寿世保元·卷八·小儿五脏主病脉歌》）

## 六、三关脉纹变见歌

鱼刺惊风证莫疑，气关疳病热相随；
命关见此为难治，此是肝家转到脾。
初节悬针泻痢生，气关肺热更相凝；
三关直透黄泉近，此候须知是慢惊。
水字生惊肺受风，气关咳嗽积痰攻；
医人仔细详虚实，出命惊疳夹证凶。
乙字惊风肝肺随，气关形见发无时；
此形若直命关上，不久相将作慢脾。
曲虫为候主生疳，若见气关积秽肝；
直到命关为不治，须知心脏已传肝。
双环肝脏受疳深，入胃气关吐逆临；
若是命关为死候，枉教医者更劳心。
流珠形见死来侵，面上如斯也不生；

纵有神丹人不救，医人仔细更丁宁。

伤寒斜向右，伤食七堪俦。

双钓伤冷定，逢惊山字浮。

丝纹将发搐，丰字引堪愁。

若遇伤风证，脉斜向左朝。

形如新月样，向右气相留。

若是弯居左，风疳药可投。

形如三叠曲，伤硬物为仇。

更有环生脚，尤嫌上下钩。

皆为伤冷候，医者用心求。

疳极如劳状，乱虫皆可忧。

交了纹互叠，腹面见因由。

更有青筋贯，百中无一瘳。

（《古今医鉴·卷十三·三关脉纹变见歌》）

# 第四章 病机歌诀

一、病机赋

二、病机抄略

## 一、病机赋

窃谓医虽小道，乃寄死生，最要变通，不宜固执。

明药脉病治之理，悉望闻问切之情。

药推寒热温凉平和之气，辛甘淡苦酸咸之味，升降浮沉之性，宣通泻补之能。

脉究浮沉迟数滑涩之形，表里寒热实虚之应，阿阿嫩柳之和，弦钩毛石之顺。

药用君臣佐使，脉分老幼瘦肥。

药乃天地之精，药宜切病。脉者气血之表，脉贵有神。

病有外感内伤风寒暑热燥火之机，治用宣通泻补滑涩湿燥重轻之剂。

外感异乎内伤，寒证不同热证。

外感宜泻而内伤宜补，寒证可温而热证可清。

补泻得宜，须臾病愈。

清温失度，顷刻人亡。

外感风寒，宜分经而解散。

内伤饮食，可调胃以消熔。

胃阳主气司纳受，阳常有余。

脾阴主血司运化，阴常不足。

胃乃六腑之本，脾为五脏之源。

胃气弱则百病生，脾阴足而万邪息。

调理脾胃，为医中之王道。

节戒饮食，乃却病之良方。

病多寒冷郁气，气郁发热；或出七情动火，火动生痰；

有因行藏动静以伤暑邪，或是出入雨水而中湿气，亦有饮食失调而生湿热，倘或房劳过度以动相火。

制伏相火，要滋养其真阴。

祛除湿热，须燥补其脾胃。

外湿宜表散，内湿宜淡渗。

阳暑可清热，阴暑可散寒，寻火寻痰，分多分少而治。

究表究里，或汗或下而施。

痰因火动，治火为先。

火因气生，理气为本。

治火，轻者可降，重者从其性而升消。

理气，微则宜调，甚则究其源而发散。

实火可泻，或泻表而或泻里。

虚火宜补，或补阴而或补阳。

暴病之谓火，怪病之谓痰。

寒热湿燥风，五痰有异。

温清燥润散，五治不同。

有因火而生痰，有因痰而生火。

或郁久而成病，或病久而成郁。金、木、水、火、土，五郁当分；泄、折、达、发、夺，五法宜审。

郁则生火生痰而成病，则耗气耗血以致虚。

病有微甚，治有逆从。

微则逆治，甚则从攻。

病有本标，急则治标，缓则治本。

法分攻补，虚而用补，实而用攻。

少壮新邪，专攻是则。

老衰久病，兼补为规。

久病兼补虚而兼解郁，陈癥或荡涤而或消熔。

积在胃肠，可下而愈。

块居经络，宜消而痊。

女人气滞于血，宜开血而行气。

男子阳多乎阴，可补阴以配阳。

苁蓉、山药，男子之佳珍。香附、缩砂，女人之至宝。

气病、血病，二者当分；阳虚、阴虚，两般勿紊。

阳虚气病，昼重而夜轻；血病阴虚，昼轻而夜重。

阳虚生寒，寒生湿，湿生热。

阴虚生火，火生燥，燥生风。

阳盛阴虚则生火，火逼血而错经妄行。

阴盛阳虚则生寒，寒滞气而周身浮肿。

阳虚畏外寒，阴虚生内热。

补阳补气，用甘温之品。

滋阴滋血，以苦寒之流。

调气贵用辛凉，和血必须辛热。

阳气为阴血之引导，阴血乃阳气之依归。

阳虚补阳，而阴虚滋阴。

气病调气，而血病和血。

阴阳两虚，惟补其阳，阳生而阴长。

气血俱病，只调其气，气行而血随。

藏冰发冰，以节阳气之燔。

滋水养水，以制心火之亢。

火降水升，斯人无病。

阴平阳秘，我体常春。

小儿纯阳而无阴，老者多气而少血。

肥人气虚有痰，宜豁痰而补气。

瘦者血虚有火，可泻火以滋阴。

膏粱无厌发痈疽，热燥所使。

淡薄不堪生肿胀，寒湿而然。

北地耸高，宜清热而润燥；南方洿下，可散湿以温寒。

病机既明，用药勿忒。

以方加减存乎人，要审病而合宜。

用药补泻在于味，须随时而换气。

奇、偶、复七方须知，初、中、末三治要察。

寒因热用，热因寒用。

通因通用，塞因塞用。

高者抑之，下者举之，外者发之，内者夺之。

寒则坚凝，热则开行。风能胜湿，湿能润燥，辛能散结，甘能缓中，淡能利窍，苦以泄逆，酸以收耗，咸以软坚。

升降浮沉则顺之，寒热温凉宜逆也。

病有浅深，治有难易。

初感风寒，乍伤饮食，一药可愈；旧存痃癖，久患虚劳，万方难疗。

履霜之疾亟疗，无妄之药勿试。

病若挟虚，宜半攻而半补。

医称多术，或用灸而用针。

针有劫病之功，灸获回生之验。

针能去气病而作痛，灸则消血癥以成形。

脏寒虚脱者，治以灸焫。脉病挛痹者，疗以针刺。

血实蓄结肿热者，宜以砭石。

气壅痿厥寒热者，当仿导引。

经络不通，病生于不仁者，须觅醪醴。

血气凝泣，病生于筋脉者，可行熨药。

病剽悍者，按而收之。

干霍乱者，刮而行之。

医业十三科，宜精一派，病情千万变，仔细推详。

姑撮碎言，以陈管见，后之学者，庶达迷津。

(《古今医鉴·卷一·病机赋》)

## 二、病机抄略

病本十形，风、寒、燥、湿，暑、火二分，内伤、外伤，内积、外积。

六气四因，病机以明。

气固形实，形虚中风，

或为寒热，或为热中，

或为寒中，或为厉风，

或为偏枯，半身不遂。

此率多痰，或属血虚，

在左死血，在右属痰。

痰壅盛者，口眼㖞斜，

不能言语，皆用吐法。

气虚卒倒，降痰益气。

火热而甚，燥热潮热，治经随之。

阴虚补阴，勿骤凉治。

轻可降散，实则可泻。

重者难疗，从治可施。

中寒感寒，阴毒阴逆，

四肢厥冷，腹痛唇青，

退阴正阳，急可温中。

伤寒所致，痉病有二。

发热恶寒，头项强痛，

腰脊反张，口噤面赤，

瘈疭如痫，有汗柔暑，无汗名刚。

春伤于风，夏必飧泄。

夏伤于暑，秋必痎疟。

秋伤于湿，冬必咳嗽。

冬伤于寒，春必温病。

夏月身热，汗出恶寒，

身重脉微，渴乃中暍。

春时病温，温疫温毒，

温疟风温，脉证分异，五种疾因。

中湿风湿，暑成湿温，

三种可别，湿热可分。

寒痰脚气，食积劳烦，

要知四证，乃似伤寒。

伤寒之病，见中风脉。

中风之病，得伤寒脉。

大小青龙，治剂必识，

调卫调荣，斯须两得。

疟本伤暑，或痰或食。

老疟疟母，久则羸疲。

三日一发，病经一岁。

间日发者，受病半年。

一日一发，新病所以。

连二日发，住一日者，气血俱病。

或用截法，或随经治。

嗽多感寒，当分六气，

六本一标，病机所秘。

风热与寒，随证治之。

暑燥清金，湿则利水。

有声无痰，有痰咳少。

痰可降豳，咳随本治。

喘有气虚，或有痰壅，

或因气逆，或倚息使。

痢本湿热，或因食致，

腹痛下血，后重不利，

治可通散，勿使涩住；

湿热未消，成休息痢。

泄泻多湿，热食气虚。

如本脾泄，胀而呕吐；

洞泄不禁，肠泄则疼；

瘕泄不便，后重茎痛；

胃泄色黄，食饮不化。

《太素》分五，溏泄骛泄，

飧濡滑泄，渗闭阑门，泄实对证。

痺乃湿热，奤曲相似。

消渴热因。水肿气致。

自汗阳亏，盗汗阴虚，

东垣有法，对证可施。

头风头痛，有痰者多，

血虚与热，分经可治。

头旋眩晕，火积其痰，

或本气虚，治痰为先。

腰痛湿热，或本肾虚，或兼恶血。

胁痛多气，或肝火盛，

或有死血，或痰流注。

劳瘵阴虚，廉狂阳炽。

呕吐咯衄，气虚脉洪，

火载血上，错经妄行。

溺血便血，病同所因。

梦遗精滑，湿热之乘。

便浊本热，有痰或虚。

白浊属卫，赤浊属荣。

热极成淋，气滞不通。

血虚惊悸，气虚耳聋。

唠因胃病，疝本肝经。

痿唯湿热，气弱少荣。

厥多痰气，虚热所乘。

手麻气虚，手木湿痰，或死血病。

霍乱吐泻，感风湿暍。

心痛脾疼，阴寒之说。

气热烦劳，令人煎厥。

气逆太甚，使人薄厥。

浊气在上，则生䐜胀。

清气在下，则生飧泄。

阴火之动，发为喉痹。

阳水变病，飧泄方是。

三阳病结，乃发寒热，

下生壅肿，及为痿厥。

二阳之病，病发心脾，

男子少精，女子不月。

一阳发病，少气嗽泄。

寒客在上，胃寒肠热，

水谷不化，痞胀而泄。

热气居上，肠寒胃热，

消谷善饥，腹胀便涩。

蕴热怫郁，乃生诸风。

风寒与湿，合而成痹。

膏粱之变，饶生大疔，

荣气不从，逆于内里，乃生痈肿。

疮疡凭脉，治乃不惑。

身重脉缓，湿胜除湿。

身热脉大，躁热发肿，退热凉荣。

眩晕动摇，痛而脉弦，降痰去风。

气涩卫滞，躁渴脉涩，补血泻气。

食少恶寒，脉来紧细，宜泻寒水。

辨经部分，详审为治。

湿热生虫，水积痰饮。

目痛赤肿，精散荣热。

牙痛龈宣，寒热亦别。

五脏本病，热争重疸。

六腑不和，留结为痈。

五脏不和，九窍不通。

脏腑相移，传变为病，不可胜纪。

间脏者存，传其所生。

七传者死，传其所制。

五脏有积，肝曰肥气，在左胁下，大如覆杯，或有头足。

久则变病，咳逆痎疟，连岁不已。

心积伏梁，病起脐下，其大如臂，上至心下。

如久不愈，令人烦心。

脾积痞气，其在胃脘，覆大如盘。

久而不愈，四肢不举，乃发黄瘅，虽食而瘦。

肺积息贲，在右胁下，覆大如杯。

久而不愈，令人喘急，骨痿少气。

鼓胀发蛊，中满郁痞，开提其气，升降是宜。

人身之本，脾胃为主。头痛耳鸣，九窍不利，肠胃所生。

胃气之虚，虚极变病，五乱互作。

东垣所论，王道之学，一虚一实，五实五虚。

五劳七伤，六极乃痿。

五郁七情，九气所为。怒则气上，喜则气缓，悲则气消，恐则气下，寒则气收，暑则气泄，惊则气乱，劳则气耗，思则气结。

忧愁思虑，甚则伤心。

形寒饮冷，过则伤肺。

喜怒气逆，逆则伤肝。

饮食劳倦，甚乃伤脾。

坐卧湿地，强力入水，故乃肾伤。

皆因气动，形神自病，喜怒不节。

劳形厥气，气血偏胜。

阴阳相乘，阳乘阴病，阴乘阳病。

阳乘则热，阴乘则寒。

重寒则热，重热则寒。

寒则伤形，热则伤气。

气伤则痛，形伤则肿。

先痛后肿，气伤形也。

先肿后痛，形伤气也。

阴阳变病，标本寒热。

如大寒甚，热之不热，是无火也。

热来复去，昼见夜伏，夜发昼见，时节而动，是无火也，当助其心。

如大热甚，寒之不寒，是无火也。

热动复止，倏忽往来，时动时止，是无水也，当助其肾。

内格呕逆，食不得入，是有火也。

病呕而吐，食入反出，是无火也。

暴逆注下，食不及化，是有火也。

溏泄而久，止发无常，是无水也。

心盛生热，肾盛生寒。

又热不寒，是无火也。

寒不得热，是无水也。

寒之不寒，责其无水。

热之不热，责其无火。

热之不久，责心之虚。

寒之不久，责肾之少。

审察病机，无失气宜，纪于水火，余气可知。

室女病多，带下赤白，癥瘕癫疝。

气血为病。

经闭不行，或漏不止，经过作痛，虚中有热。

行而痛者，血实之证。如不及期，血热乃结。

过期血少，闭或血枯。

淡者痰多，紫者热故。

热极则黑，调荣降火。

调理妊娠，清热养血。

一当产后，如无恶阻，大补气血。

虽有他证，以末治之。

大凡小儿，过暖生热，热极生风，风痰积热，随病为治。

生有胎恶，月里生惊，生赤生呕，生黄不便，脐风撮口，变蒸发热，风痫癫痫，急慢惊风，瘈疭惊愕，惊悸虚冒，暴急吐岘，腹胀齁嗽，中恶天吊，鹅口重舌，木舌弄舌，客忤夜啼，脓耳鼻疳，眉炼丹瘤，阴肿便浊，舌烂口臭，龈蚀牙疳，虫痛吐蛔，疳瘦解颅，便青颊赤，食吐饮水，吐泻青白，昏睡露睛，呵欠面黄，呷牙咬齿，泻痢脱肛。

痈疡瘾疹，疮痘发斑，惊疳诸积。

大率为病，肝与脾经。脉治凭允，钱氏方论。

男女病情，饮食起居，暴乐暴苦，始乐后苦，皆伤精气。

先富后贫，病曰失精。

先贵后贱，虽不中邪，病从内生，名曰脱营。

身体日减，气虚无精。

良工勿失，脉病证治，知微可已。

举腹痛经，阴证治例，海藏所云，玄机之秘。

(《古今医鉴·卷一·病机抄略》)

# 第五章

# 内科病证治歌诀

# 第一节　证治总纲歌诀

## 杂病赋

病机玄蕴，脉理幽深。

虽圣经之备载，匪师授而罔明。

处百病而决死生，须探阴阳脉候。

订七方而施药石，当推苦乐志形。

邪之所客，标本莫逃乎六气。

病之所起，枢机不越乎四因。

一辨色，二辨音，乃医家圣神妙用。

三折肱，九折臂，原病者感受舆情。

能穷浮、沉、迟、数、滑、涩、大、缓八脉之奥，便知表、里、虚、实、寒、热、邪、正八要之名。

八脉为诸脉纲领，八要是众病权衡。

涩为血少精伤，责责然往来涩滞，如刀刮竹之状。

滑为痰多气盛，替替然应指圆滑，似珠流动之形。

迟寒、数热，纪至数多少。

浮表、沉里，在举按重轻。

缓则正复，和若春风柳舞；大则病进，势如秋水潮生。

六脉同等者，喜其勿药；六脉偏盛者，优其采薪。

表宜汗解，里即下平。

救表则桂枝芪芍，救里则姜附参苓。

病有虚实之殊，虚者补而实者泻。

邪有寒热之异，寒者温而热者清。

外邪是风寒暑湿燥之所客，内邪则虚实贼微正之相乘。

正乃胃之真气，良由国之鲠臣。

驱邪如逐寇盗，必亟攻而尽剿。

养正如待小人，在修己而正心。

地土厚薄，究有余不足之禀赋。

运气胜复，推太过不及之流行。

脉病既得乎心法，用药奚患乎弗灵？

原夫中风，当分真伪。

真者见六经形证，有中脏、腑、血脉之分。

伪者遵三子发挥，有属湿，火、气虚之谓。

中脏命危，中腑肢废。

在经络则口眼㖞斜，中血脉则半身不遂。

僵仆卒倒，必用补汤；痰气拥塞，可行吐剂。

手足瘛疭曰搐，背项反张曰痉。

或为风痱偏枯，或变风痹、风懿。

瘫痪痿易，四肢缓而不仁。

风湿寒并，三气合而为痹。

虽善行数变之莫测，皆木胜风淫之所致。

雪霜凛冽总是寒邪，酷日炎蒸皆为暑类。

伤寒则脉紧身寒，中暑则脉虚热炽。

暑当敛补而清，寒可温散而去。

诸痉强直，体重跗肿，由山泽风雨湿蒸。

诸涩枯涸，干劲皴揭，皆天地肃清燥气。

湿则害其皮肉，燥则涸其肠胃。

西北风高土燥，尝苦渴闭痈疡。东南地卑水湿，多染瘴肿泄痢。其邪有伤有中，盖伤之浅而中之深。

在人有壮有怯，故壮者行而怯者剧。

天人七火，君相五志，为工者能知直折顺性之理，而术可通神。

善医者解行反法求属之道，而病无不治。虚火实火，补泻各合乎宜。

湿热火热，攻发必异乎剂。

既通六气之机，可垂千古之誉。尝闻血属阴，不足则生热，斯河间之确论。气属阳，有余便是火，佩丹溪之格言。气盛者为喘急，为胀满，为痞塞，兼降火必自已。血虚者为吐衄，为劳瘵，为烦蒸，非清热而难痊。

理中汤治脾胃虚冷，润下丸化胸膈痰涎。

暴呕吐逆，为寒所致。

久嗽咯血，是火之愆。

平胃散疗湿胜濡泄不止。

益荣汤治怔忡恍惚无眠。

枳壳散、达生散，令孕妇束胎而易产。

麻仁丸、润肠丸，治老人少血而难便。

定惊悸，须索牛黄、琥珀；化虫积，必仗鹤虱、雷丸。

通闭以葵菜、菠薐，取其滑能利窍。

消瘿以昆布、海藻，因其咸能软坚。

斯先贤之秘妙，启后进之无传。

所谓夏伤于暑，秋必作疟。

近而暴者，即时可瘳。远而痎者，三日一发。

若瘅疟但用清肌，在阴分勿行截药。

人参养胃，治寒多热少而虚。柴胡清脾，理热多寒少而渴。

自汗阳亏，盗汗阴弱。

嗽而无声有痰兮，脾受湿侵；咳而有声无痰兮，肺由火烁。

霍乱有寒有暑，何《局方》议乎辛温？

积聚有虚有实，岂世俗偏于峻削？

当知木郁可令吐达，金郁泄而土郁夺，水郁折而火郁发。

泄发即汗利之称，折夺是攻抑之别。

倒仓廪，去陈莝，中州荡涤良方。

开鬼门，洁净府，上下分消妙法。

如斯瞑眩，反掌生杀，辄有一失，悔噬脐之莫追，因而再逆，耻方成之弗约。

大抵暴病非热，久病非寒。臀背生疽，良由热积所致。

心腹卒痛，却乃暴寒所干。

五泄五瘅因湿热，惟利水为尚。

三消三衄为燥火，若滋阴自安。

呕吐咳逆，咎归于胃。

阴癫疝瘕，统属于肝。

液归心而作汗，敛之者黄芪六一。

热内炽而发疹，消之者人参化斑。身不安兮为躁，心不宁兮为烦。

忽然寒僵起粟，昏冒者名为尸厥。

卒尔跌仆流涎，时醒者号曰癫痫。

腹满吞酸，此是胃中留饮。

胸膨嗳气，盖缘膈上停痰。

欲挽回春之力，当修起死之丹。

窃谓阴阳二证，疗各不同。内外两伤，治须审别。

内伤外伤，辨口鼻呼吸之情。

阴证阳证，察尺寸往来之脉。

既明内外阴阳，便知虚实冷热。

曰浊曰带，有赤有白，或属痰而或属火。

白干气而赤干血，本无寒热之分，但有虚实之说，痢亦同然。

瘀积湿热，勿行淡渗兜涩汤丸，可用汗下寒温涌泄。

导赤散通小便癃闭，温白丸解大肠痛结，地骨皮散退劳热偏宜，青礞石丸化结痰甚捷。

火郁者必扪其肌，胎死者可验其舌。

玄胡、苦楝，医寒疝控引于二丸。

当归、龙荟，泻湿热痛攻于两胁。

谙晓阴阳虚实之情，便是医家玄妙之诀。

当以诸痛为实，诸痒为虚。

虚者精气不足，实者邪气有余。

泄泻有肠垢鹜溏，若滑脱则兜涩为当。

腹痛有食积郁热，倘阴寒则姜附可施。

厥心痛者，客寒犯胃，手足温者，温散即已。

真头痛者，入连于脑，爪甲黑者，危笃难医。

结阳则肢肿有准，结阴则便血无疑。

足膝屈弱曰脚气，肿痛者湿多热甚。

腰痛不已曰肾虚，闪挫者气滞血瘀。

巅顶苦疼，药尊藁本。

鼻渊不止，方选辛夷。

手麻有湿痰死血，手木缘风湿气虚。

淋沥似欲通不通，气虚者清心莲子。

便血审先粪后粪，阴结者平胃地榆。

盖闻溲便不利谓之关，饮食不下谓之格，乃阴阳有所偏乘，故脉息因而复溢。

咳血与呕血不同，咳血嗽起，呕血逆来。

吞酸与吐酸各别，吞酸刺心，吐酸涌出。

水停心下曰饮，水积胁下曰癖。

行水以泽泻、茯苓，攻癖以芫花、大戟。

控诞丹虽云峻利，可逐伏痰。

保和丸性味温平，能消食积。

溺血则血去无痛，有痛者自是赤淋。

短气乃气难布息，粗息者却为喘急。

胃脘当心而痛，要分客热客寒。

遍身历节而疼，须辨属风属湿。

通圣散专疗诸风，越鞠丸能开六郁。

虚弱者目眩头晕，亦本痰火而成。

湿热者精滑梦遗，或为思想而得。

缘杂病绪繁无据，机要难明，非伤寒经络有免，形证可识，临病若能三思，用药终无一失。

略举众疾之端，俾为后学之式。

（《古今医鉴·卷一·杂病赋》）

# 第二节　分证论治歌诀

## 伤寒

### 伤寒金口诀

这伤寒，世罕稀，多少庸医莫能知。仲景《玉函》节庵泄，千金不易伤寒秘。方不同，法更异，四时伤寒各有例。惟有冬月正伤寒，不与春夏秋同治。发表实表两妙方，用在三冬无别治。真伤寒，真中风，表实表虚各自中。表虚自汗脉浮缓，疏邪实表有奇功。表实无汗脉浮紧，升阳发表汗自松。背恶寒，背恶热，头痛脊强一般说。俱属太阳膀胱经，有汗无汗须分别。有汗表虚无汗实，脉浮缓紧胸中别。春夏秋，另有方，通用羌活冲和汤。春温夏热秋治湿，随时加减细斟量。病症与冬皆相似，浅深表里脉中详。脉有浮，脉有沉，半浮半沉表里停。有力无力求虚实，或温或下细推寻。更有汗吐下三法，当施当设莫留停。两感症，日双传，一日太阳少阴连，肾与膀胱脉沉大，口干头痛是真原。二日阳明与太阴，沉长之脉脾胃兼，目又痛，鼻又干，腹满自利不能安。三日少阳厥阴病，肝胆脉息见沉弦，耳聋胁痛囊蜷缩，古人不治命由天。陶节庵，泄漏方，不问阴阳两感伤，通用冲和灵宝饮，一服两解雪浇汤。更明表里多少病，治分先后细推详。表病多，里病微，麻黄葛根汤最奇。表缓里急宜攻里，调胃承气急通之。寒中阴经口不干，身疼发热自下利。脉沉细，又无力，回阳急救汤最的。都言两感无治法，谁知先后有消息。结胸症候分轻重，双解六一二方觅。阳明症，不得眠，鼻干目痛是根源，柴葛解肌汤一剂，犹如渴急遇甘泉。耳聋胁痛半表里，柴胡双解立苏痊。腹又痛，咽又干，桂枝大黄汤可蠲。太阳发黄头有汗，茵陈将军汤独羡。无热自利是脏寒，加味理中汤最端。时行病症身大热，六神通解须当啜。小水不利导赤饮，下焦蓄血凭斯诀。一切下症并结胸，六一顺气分明说。身有热，头无痛，面赤饮水不下咽，庸医误认为热症，岂知心火泛上炎，自是戴阳多不晓，复元汤服得安然。身如朱，眼似火，发斑狂叫误认我，病在三焦无人识，三黄石膏汤最可。发斑之症先咳呕，耳聋足冷定无他。休发汗，愈斑斓，消斑青黛饮莫慢。劳力感寒症又异，调荣养胃金不换。内伤气血外感寒，莫与伤寒一例看。身出汗，热又渴，如神白虎汤最确。食积症，类伤寒，发热不恶寒，呕逆身不痛，头痛休疑痰，只消加味调中饮，气口紧盛休变延。小水利，大便黑，桃仁承气对子说。热邪传里蓄血症，血热自利病安逸。吐血衄血另有方，生地芩连汤最切。阴隔阳，难遍详，阴极发热面戴阳，欲赴井中脉无力，急救回阳返本汤。水不下咽瘀血症，加减犀角地黄汤。真中寒，真厥症，回阳救急汤连进。阳毒发斑脉洪数，三黄巨胜汤之症。再造饮治无阳症，重复发汗汗不定，如狂症，原无热，精采不与人相摄。热结膀胱休误下，桂苓饮子真奇绝。心下硬痛利清水，热结利症医莫测，又谵语，又作渴，身热黄龙汤莫错。口噤头摇名痓痉，如圣饮内抽添诀。瘥后昏沉百合病，柴胡百合汤休越。亡阳症，过汗多，头痛振振病不和，筋惕肉瞤虚太甚，温经益元汤最和。男妇劳复阴阳易，消遥汤治脉沉疴。脚气症，类伤寒，禁用补剂与汤丸。暑中身热寒中冷，浮风湿热脉之端，便闭呕逆难伸屈，加减续命汤保全。撮空症，仔细认，休认风症误人命，循衣摸床为症验，叉手摸胸不识人，只因汗热相伤肺，升阳散火效如神。睡觉中，忽言语，梦寐昏昏神无主，汤粥与之虽吞咽，形如中酒多不举，心火克金越经证，泻心导赤汤急取。身热渴，不头痛，神思昏昏乱语言，小水不利大便黑，误投凉药丧黄泉。病传心肺夹血证，当归活血汤最玄。夹痰症，类伤寒，寒热昏迷头又眩，涎出口中为症验。七情内损伤之根，神出舍空乱语言，加味导痰汤可增。大头病，是天行，项肿恶寒热并煎，一剂芩连消毒饮，痰饮喉痹尽安痊。此是先贤千古秘，不是知音莫浪传。

（《寿世保元·卷二·伤寒金口诀》）

伤寒大概是热病，百般变化常无定。

要明汗吐下和解，表里无差方有应。

（《种杏仙方·卷一·伤寒附伤风》）

伤寒恶寒却无汗，寒脉紧涩真可断。

伤风恶风有汗出，风脉来兮多微缓。

（《云林神彀·卷一·伤寒附伤风》）

伤寒伤风何以判，寒脉紧涩风浮缓；

伤寒恶寒风恶风，伤风自汗寒无汗。

阳属膀胱并胃胆，阴居脾肾更连肝。

浮长弦细沉微缓，脉证先将表里看。

阴病见阳脉者生，阳病见阴脉者死。

（《寿世保元·卷二·伤寒·脉歌》）

中寒脉紧涩，阴阳俱盛；

法当无汗，有汗伤命。

（《寿世保元·卷二·中寒》）

平脉弦大，劳损而虚。大而无力，阳衰易扶。数而无力，阴火难除。寸弱上损，浮大里枯；尺寸俱微，五劳之躯。血羸左濡，气怯右推，左右微小，血气无余。劳瘵脉数，或涩细如，潮汗咳血，肉脱者殂。

（《万病回春·卷之四·补益》）

## 温病

瘟疫众人病一般，四时不正外邪干。

要分春夏秋冬治，莫把寒温一样看。

（《种杏仙方·卷一·瘟疫》）

众人病一般，是天行时疫。

肿项大头瘟，症总属风热。

（《云林神彀·卷一·瘟疫》）

## 中暑

中暑身烦热，四肢沉困倦。

此热伤元气，体虚多自汗。

（《云林神彀·卷一·中暑》）

中暑中热不相同，行人中热在日中。

避暑深堂名中暑，暑分寒热不同攻。

（《种杏仙方·卷一·中暑》）

## 寒证

中寒无头痛，怕寒手足冷。

寒中三阴经，回阳药要猛。

（《云林神彀·卷一·中寒》）

痼冷寒甚即阴证，手足厥冷心腹痛。

外肾缩入死须臾，急将温热药来用。

（《种杏仙方·卷一·痼冷》）

痼冷寒之甚，四肢作厥逆；

腹痛冷汗出，阴囊忽缩入；

身静语无声，气少难喘息；

目睛不了了，口鼻冷气袭；

大小便不禁，水浆不肯吸；

面寒如刀刮，先要用葱熨；

急将热药投，百中无一失。

（《云林神彀·卷二·痼冷》）

## 中湿

中湿一身痛，风湿邪在表。

风药能胜湿，医者当分晓。

（《云林神彀·卷一·中湿》）

中湿亦由内外伤，外冲风雨内酒浆；

发为肿满浑身痛，利水和脾发汗良。

（《种杏仙方·卷一·中湿》）

## 咳嗽

咳逆气冲上作声，声声不断火相刑。

诸逆上冲皆属火，化痰降气自安宁。

（《种杏仙方·卷一·咳逆》）

咳谓无痰却有声，嗽谓无声却有痰。

有痰有声为咳嗽，化痰理嗽自然安。

（《种杏仙方·卷一·咳嗽》）

四时感风寒，发热喘嗽痰。

宽中快胸膈，涕唾吐稠粘。

（《云林神彀·卷一·咳嗽》）

## 喘证

喘急脉沉，肺胀停水；气逆填胸，脉必伏取；沉而实滑，身温易愈；身冷脉浮，尺涩难补。

（《万病回春·卷之二·喘急》）

喘急须分肺实虚，挟寒挟湿紧相随；

痰火诸般皆作喘，治之莫要有差疑。

（《种杏仙方·卷一·喘急》）

伤寒发喘急，发表定良方。

若还有痰气，加入二陈汤。

（《云林神彀·卷一·喘急》）

## 哮吼

哮吼即齁喘，肺窍积寒痰。

有至终身者，仙方可拔根。

(《云林神彀·卷一·哮吼》)

哮吼肺窍积寒痰，令人齁喘起居难。

豁痰降火加调理，不遇良医病不安。

(《种杏仙方·卷一·哮吼》)

## 肺痨

劳瘵阴虚相火动，午后发热痰咳重。

滋阴降火补脾虚，治标固本无不中。

(《种杏仙方·卷一·劳瘵》)

## 心悸

大凡思虑即心跳，此是心经血虚兆；

心若时跳又时止，痰因火动治痰妙。

(《云林神彀·卷二·怔忡》

## 健忘

健忘思虑损心脾，尽力思量竟不知。

有始有终忘记事，补脾养血是良医。

(《种杏仙方·卷二·健忘》)

## 不寐

不寐心胆怯，昼夜不得睡。

心经气不足，痰涎沃心内。

(《云林神彀·卷二·不寐》)

不寐原来睡不宁，胆虚痰气沃心经。

治当温胆生心血，一枕黄粱梦不惊。

(《种杏仙方·卷二·不寐》)

## 癫狂

癫为喜笑或不常，安神养血是奇方。

狂为痰火因太盛，平肝清火化痰良。

(《种杏仙方·卷二·癫狂》)

癫是心经血不足，喜笑不常颠倒事。

脉搏大滑者为生，沉小紧急多不治。

(《云林神彀·卷二·癫狂》)

## 痫证

痫有五等类五畜，以应五脏各斯属。

卒仆搐搦吐痰涎，祛痰顺气平肝木。

(《种杏仙方·卷二·五痫》)

## 脾胃不和

脾胃之气要冲和，胃司纳受脾运磨；

莫使寒温一失节，损伤元气病难瘥。

(《种杏仙方·卷一·脾胃》)

## 胃脘痛

心痛即是胃脘疼，清热解郁药灵通。

更有虫食气心痛，临时审候要分明。

(《种杏仙方·卷二·心痛》)

## 吞酸

吞酸胃中有湿热，吞酸吐酸要分别；

吞酸上水刺心头，吐酸出水多成噎。

(《云林神彀·卷二·吞酸》)

吞酸温热在胃口，故作酸水刺心头。

化痰清火平肝气，蔬食能调病自瘳。

(《种杏仙方·卷一·吞酸》)

## 伤食

伤食过饱损脾胃，恶食咽酸嗳臭气。

胸痞发热及憎寒，轻可消化重则利。

(《种杏仙方·卷一·伤食》)

饮食过多脾胃伤，伤食夹气感寒凉，

肚腹胀痛发寒热，消食发表顺气良。

(《云林神彀·卷一·伤食》)

## 痞满胀满

痞满胸膈不通泰，令人夯闷久不瘥。
一消一补慢调和，莫行利药徒伤害。
（《种杏仙方·卷一·痞满》）

胀满起来空似鼓，四肢不肿其中苦。
莫将峻利损天和，制肝补脾以为主。
（《种杏仙方·卷一·胀满》）

## 呕吐

呕谓有声吐有物，寒热伤胃食即出。
和胃清火化痰涎，半夏生姜以为率。
（《种杏仙方·卷一·呕吐》）

呕吐者，饮食入胃而复逆出也。
有声无物谓之哕，有物无声调之吐；
呕吐谓有声有物，胃气有所伤也，中气不足所致。
（《寿世保元·卷三·呕吐》）

## 内伤饮食

内伤劳役，豁大不禁；
若损胃气，隐而难寻；
内伤饮食，滑疾浮沉；
内伤饮食，数大涩侵；
右关缓紧，寒湿相寻；
右关数缓，湿热兼临；

数又微代，伤食感淫。

(《万病回春·卷之二·内伤》)

## 翻胃

翻胃五味七情过，五脏火动律液涸；
气虚不运则生痰，血虚不润而生火；
补气生血养胃脾，清火化痰把郁破；
戒气断味慢调和，勿行香燥生灾祸。

(《云林神彀·卷二·翻胃》)

翻胃噎膈一般病，三阳热结吐无定。
莫将燥剂反助邪，养血生津调胃应。

(《种杏仙方·卷一·翻胃》)

## 腹痛

腹痛有寒并有热，食血湿痰虫虚实。
绵绵不已作寒医，时痛时止作热治。

(《云林神彀·卷三·腹痛》)

腹痛有热亦有寒，死血食积并湿痰。
时痛时止应是热，绵绵不止作寒看。

(《种杏仙方·卷二·腹痛》)

## 便秘

大便不通有虚实，阴结阳结闭不一。
或攻或补用温凉，临时对症无差失。

（《种杏仙方・卷二・大便闭》）

大便实热闭，因食辛热味。

活血润大肠，清热可通利。

（《云林神彀・卷三・大便闭》）

大小便闭结，脏腑有实热。

并后要清凉，通利无他说。

（《云林神彀・卷三・大小便闭》）

## 泄泻

沉迟寒侵，沉数火热；

沉虚滑脱，暑湿缓弱，多在夏月。

（《万病回春・卷之三・泄泻》）

泄泻清浊两不分，只固湿多五泻成；

阴阳分利泻自止，健脾燥湿可安平。

（《云林神彀・卷二・泄泻》）

泄泻注下湿伤脾，燥湿利水补脾虚。

若还久泻肠虚滑，收涩仍将正气提。

（《种杏仙方・卷一・泄泻》）

## 痢疾

肠澼即是大便血，肠风粪全色鲜洁。

脏毒粪后血暗浊，脏寒脏热不同列。

（《种杏仙方・卷二・肠澼》）

痢疾不分赤与白，俱作湿热治可得，

初起壮盛先宜通，久痢虚弱当调塞。

（《云林神彀·卷二·痢疾》）

痢因湿热并气滞，赤伤血分白伤气；

赤白相杂气血伤，清热理气先通利。

（《种杏仙方·卷一·痢疾》）

## 黄疸

五疸总是湿与热，遍身发黄小便血。

清热利水湿自除，但将此治无他说。

（《种杏仙方·卷一·五疸》）

## 胁痛

胁痛木气肝火盛，亦有死血有痰症。

平肝开结化痰涎，散血顺气治有应。

（《种杏仙方·卷二·胁痛》）

胁痛在左者，肝经受客邪。

或怒或跌闪，活血顺气佳。

（《云林神彀·卷三·胁痛》）

## 头痛

头痛短涩应须死，浮滑风痰必易除。

肥人头痛者，气虚有湿痰；

化痰与除湿，补气病当安。

（《云林神彀·卷三·头痛》）

头痛须详十二经，各经用药要分明。
头脑尽痛手足冷，此为真痛命当倾。
（《种杏仙方·卷二·头痛》）

## 眩晕

眩晕多属痰与火，六淫七情皆能作。
眼暗身转及耳聋，要分虚实方下药。
（《种杏仙方·卷二·眩晕》）
眩者言其黑，晕者是旋转；
皆属虚与痰，治法当分辨。
（《云林神彀·卷二·眩晕》）

## 积聚 / 癥瘕

积有五种聚有六，五脏六腑各所属。
左血右气中食痰，慢慢消溶毋欲速。
（《种杏仙方·卷一·积聚》）
癖从皮里膜外生，肝经留血裹成形。
日渐长大如猪肺，不遇仙方命必倾。
（《种杏仙方·卷三·癖疾》）

## 中风

真中风因体气虚，风邪外感卒昏迷。
中腑中脏中血脉，气虚血虚分治之。
（《云林神彀·卷一·真中风》）

真中风者，中时卒倒；
皆因体气虚弱，荣卫失调；
或喜怒忧思悲恐惊，或酒色劳力所伤；
以致真气耗散，腠理不密；
风邪乘虚而入，乃其中也。
（《万病回春·卷之二·中风》）

中风浮吉，滑兼痰气。
其或沉滑，勿以风治。
或浮或沉，而微而虚。
扶危治痰，风未可疏。
（《万病回春·卷之二·中风》）

中风身温口多涎，卒然昏倒不能言。
急用通关开噤口，化痰顺气治当先。
（《种杏仙方·卷一·中风》）

类中风者常有之，寒暑湿火气食随。
劳房痰血卒中恶，十一般类要君知。
（《云林神彀·卷一·类中风》）

## 臌胀

脾胃不运气虚损，湿热相蒸成臌胀，中空无物似于鼓，浊气在上清下降，健脾顺水要和中，莫将峻利把命丧。

（《云林神彀·卷二·臌胀》）

## 疟疾

疟是风暑不正邪，为寒为热两交加。

新疟可散亦可截，久病还当兼补佳。
（《种杏仙方·卷一·疟疾》）

## 水肿

水肿气急小便涩，血肿气满四肢寒；
朝宽暮急是血虚，暮宽朝急是气虚，
气血俱虚朝暮急，健脾除湿利水宜。
（《云林神彀·卷二·水肿》）
水肿是湿本是脾，通身浮肿总为虚。
利水和脾兼顺气，峻攻泻水病难医。
（《种杏仙方·卷一·水肿》）

## 癃闭

小便不通有五闭，气血痰热风者是。
悉宜用吐把气提，上窍既通下窍利。
（《种杏仙方·卷二·小便闭》）
小便闭不通，多因是热结。
清热利水道，服之如神捷。
（《云林神彀·卷三·小便闭》）

## 淋证

五淋膀胱蕴蓄热，气砂血膏劳之别。
皆因酒色劳力伤，肾经亏损有虚热。
（《云林神彀·卷三·淋证》）

五淋有热属膀胱，小便淋漓痛难当。
气砂血膏劳五淋，疏通清热是良方。
（《种杏仙方·卷二·淋证》）

## 遗精

梦遗日久，元气下陷；
升提肾气，归原无患。
（《云林神彀·卷三·遗精》）
遗精证是心肾虚，补精养肾涩精宜。
湿热伤脾精亦泄，理脾除湿再无遗。
（《种杏仙方·卷二·遗精》）

## 白浊

两尺脉洪数，必便浊遗精。
心脉短小，因心虚所致，必是遗精便浊。
（《古今医鉴·卷八·便浊》）
小便出白浊，肾经有虚寒。
药宜滋肾气，温散保平安。
（《云林神彀·卷三·浊症》）
浊证白色属肾虚，赤者心虚有热随。
赤要清心白补肾，化痰燥湿要须知。
（《种杏仙方·卷二·浊证》）

## 郁证

喜怒忧思悲恐惊，一有怫郁诸病生；

男要全神须养气，女宜平气以调经。

（《云林神彀·卷二·诸气》）

诸气能令百病生，要知九气不同名。

男宜调气兼和血，女要调经气顺行。

（《种杏仙方·卷一·诸气》）

## 血证

失血大抵俱是热，阳盛阴虚妄行血。

补阴清火抑其阳，引血归经血自歇。

（《种杏仙方·卷二·失血》）

大抵失血俱属热，阳盛阴虚妄行血；

紫黑成块清除之，新鲜红血当止塞。

若有死血在胃口，吐不尽时成血结；

诸失血后宜调之，补荣汤中真妙绝。

（《云林神彀·卷二·吐血》）

便血大便出，湿热蕴脏腑；

不问粪前后，服之可救苦。

（《云林神彀·卷二·便血》）

积热下血，甚则兼痛；

脉来洪数，解毒勘用。

（《云林神彀·卷二·积热下血》）

## 痰饮

痰多属湿津液化，随气升降上中下。

百病之中兼有痰，随证调治应无价。

(《种杏仙方·卷一·痰饮》)

火痰黑色老痰胶，湿痰白色寒痰清。

遍身上下无不到，变化百病卒难明。

(《云林神彀·卷一·痰饮》)

## 消渴

消渴要分上中下，上属肝经中胃者；

下消属肾共三消，能食不食分治也。

(《种杏仙方·卷二·消渴》)

上消属肺中消胃，下消肾水皆虚致；

大生血脉补阴虚，自有津液来相济。

(《云林神彀·卷三·消渴》)

## 汗证

出汗阳虚白昼出，盗汗阴虚睡觉没。

自汗补阳盗补阴，汗出油珠发润卒。

(《种杏仙方·卷二·出汗》)

自汗属阳虚，不拘时常出。

须当补气虚，汗出如油卒。

(《云林神彀·卷二·自汗》)

## 虚损

内伤劳役伤元气，或兼饮食损脾胃。

热渴汗喘脉虚洪，四肢沉困身无力。

(《云林神彀·卷一·内伤》)

气虚脾肺弱，面黄肌瘦消，胸痞食不思，诸病相兼作。

(《云林神彀·卷二·诸虚》)

补益诸虚莫尽详，血虚补血正相当。

气虚补气无差谬，气血俱虚并补良。

(《种杏仙方·卷一·补益》)

房劳太过度，心肾有亏损；

热嗽喘血痰，相火动因忿；

降火要滋阴，治标当固本。

(《云林神彀·卷二·虚劳》)

## 痹证

遍身骨节四肢痛，血气风湿痰火并。

谓之白虎历节风，审察病机药有应。

(《云林神彀·卷三·痛风》)

五痹手足痛不仁，不过风寒湿气侵。

发散风寒除湿气，管教疼痛不缠身。

(《种杏仙方·卷二·痹痛》)

## 腰痛

腰痛岂止属肾虚，三因五种要推之。

或温或凉或汗下，更兼补肾是良规。

(《种杏仙方·卷二·腰痛》)

腰间常作痛，此是肾虚症；
三因五种殊，毋执一即用。
(《云林神彀·卷三·腰痛》)

## 脚气

脚肿名为湿脚气，不肿干脚气之谓。
麻则因风痛是寒，肿乃是湿宜分利。
(《种杏仙方·卷二·脚气》)

## 霍乱

霍乱吐泻心腹痛，转筋寒热头沉重。
内伤外感使之然，切忌米汤休早用。
(《种杏仙方·卷一·霍乱》)
霍乱内伤外感并，上吐下泻心腹痛；
厥冷脉沉伏欲绝，调理脾胃药必应。
(《云林神彀·卷二·霍乱》)

## 虫证

人之肠胃中，湿热久生虫。
虫名难悉载，总用遇仙攻。
(《云林神彀·卷三·诸虫》)
诸虫多因湿热生，生于腹内状难明。
上攻心腹痛还定，或安或下便清宁。
(《种杏仙方·卷二·诸虫》)

# 第六章

# 妇科病证治歌诀

## 闭经

经水久不通，虚实不相同；
虚弱宜专补，壮盛要兼攻。
（《云林神彀·卷三·经闭》）
月水缘何久不通，盖因血少血凝壅。
或补或泻兼调气，慎勿巴黄一样攻。
（《种杏仙方·卷三·经闭》）

## 崩漏

崩漏虚溜热则通，阴虚阳搏谓之崩。
更有冷热并虚实，辨得阴阳药自灵。
（《种杏仙方·卷三·崩漏》）
崩漏之为病，乃血之大下；
稍久属虚热，清补不须怕；
日久属虚寒，温养真无价。
（《云林神彀·卷三·血崩》）

## 带下病

带下多缘下部虚，湿痰渗下亦如之；
治宜实下兼清上，养血和脾带自除。
（《种杏仙方·卷三·带下》）
赤白带下宜虚弱，湿痰渗入在膀胱；
头晕腰酸眼花暗，四肢无力补虚良。
（《云林神彀·卷三·带下》）

## 妊娠脉

妊娠之脉如何认，要辨阴阳衰与盛；
阴阳俱盛滑而和，两手调匀数相应；
其人能食身无苦，容饰如即是妊定；
脉来左盛是男形，右手偏洪是女孕；
孕真带呕头昏闷，此是停痰恶阻病；
急宜正胃与消痰，固血安胎全两命；
若还腰腹俱胀痛，口渴咽干潮热乘；
多眠恶食倦昏疲，此属经凝却非妊；
大纲孕脉类如此，在意消详审安静。
(《云林神彀·卷三·妊娠》)

妊孕初时，寸微五至，二部平匀，久按不断。
妊孕三月，阴搏于阳；气衰血旺，脉正相当；
肝横肺弱，心滑而洪；尺滑带散，久按益强；
或关滑大，代止尤忙；洪且脉迟，其胎必伤。
四月辨质，右女左男；或浮或沉，疾大实兼；
左右俱盛，胎有二三；更审经脉，阴阳可参。
但疾不散，五月怀耽；太急太缓，肿漏为殃。
六七月来，胎喜实长；
沉迟而涩，堕胎当防；
脉弦寒热，当暖子房。
八月弦实，沉细非良；
少阴微紧，两胎一伤；
劳力惊怔，胎血难藏；

冲心闷痛，色青必亡。

足月脉乱，反是吉祥。

（《万病回春·卷之六·妊娠》）

## 胎动不安

妊娠母病致胎动，母病医痊胎自和。

胎若不安触母病，但安胎气母无疴。

（《种杏仙方·卷三·妊娠》）

## 不孕症

人生无后实勘伤，谁识仙翁有秘方。

只在心田存一点，管教兰桂满庭芳。

（《种杏仙方·卷三·种子》）

## 临产

临产之妇勿惊惶，行动频频莫卧床。

瓜熟须知蒂自落，若还用药要安详。

（《种杏仙方·卷三·产育》）

临产六至，脉号离经；

或沉细滑，若无即生。

浮大难产，寒热又顿。

此时凶候，急于色征。

面颊唇舌，忌黑与青。

面赤母活，子命必倾；

若胎在腹，子母归冥。

（《万病回春・卷之六・产育》）

临产之妇勿惊惶，行动频频莫卧床。

瓜熟须知蒂自落，若还用药要安详。

（《种杏仙方・卷三・产育》）

## 产后病

产后诸疾，以末治之，

大补气血，对症详施。

（《云林神彀・卷三・产后》）

产后诸疾要扶虚，恶露流通是所宜。

更有多般发热证，未可轻教汗下医。

（《种杏仙方・卷三・产后》）

## 产后禁忌歌

新瘥须当自保持，勿将酒肉口中肥；

清宵静睡无思想，用意烦劳最忌之；

节食寡言须晏起，寒暄冬暖减添衣；

勿忌房室阴阳易，悔误难追已噬脐。

（《万病回春・卷之一・伤寒产后禁忌歌》）

## 乳汁不通

乳汁不通有两样，血气有衰有盛壮。

壮者宜行衰宜补，吹乳乳痈要通畅。

(《种杏仙方·卷三·乳病》)

乳汁不通，气血壅盛，

脉涩不行，滞而成病。

(《云林神彀·卷三·乳病》)

乳汁不通，结核成饼不散，

寒热作痛者，宜速揉散，

乳汁亦通，饼核自消。

(《万病回春·卷之六·乳病》)

## 郁病

妇人属阴多生气，气郁成病最难治。

诸病兼理气调经，香附是女真仙剂。

(《种杏仙方·卷三·妇人》)

# 第七章
# 儿科病证治歌诀

# 第一节 证治总纲歌诀

## 一、婴童赋

乾元好生，坤元长养。人禀阴阳，天地橐龠。父精、母血以成形，天清、地浊而升降。顾一月之胎，形如珠露；二月之胚，痕若桃花。三月、四月，而男女形象分明；五月、六月，而五脏六腑具足。七月，发发生而关窍通；八月，动其手而游其魂。九月，儿身三转；十月，母妊当分。儿在胎而餐母血；母嗜欲最要提防。母寒、子寒，母热、子热。男女初生，调理须要得宜；肠胃未充，饭食不宜哺啜。六七日脐带未干，纵炎热休频浴水。或缘客气相冲，遂染脐风恶候。盘肠，疝气，撮口，噤风，皆因风火为殃，未满十朝难治。若是初生，形如哑子，缘母饮冷，寒入肺经；昼夜啼哭彻晓，皆由热盛心惊。癖疥多因胎热，身黄名曰胎黄。马牙疳、七星丹，针而复缴；木舌风、重舌风，刺而后敷。更有蒸变，骨骼乃成。三十二日一变，六十四日一蒸。八蒸、十变，志意渐生；长智、长骨，能应能行。是儿暗行蒸变，必缘禀赋完全。胎惊、内钓，夜啼声多，属脏寒；泻青、泻黄兼吐乳，须分寒热。虽云惊症多般，大抵风、痰、食、热。发为搐搦，咬牙，寒战；变为循衣，眼窜，筋挛。治法：导食、豁痰作主，清心、泻木为先。更有慢惊，起于脾虚，露睛、昏睡；身寒虚变，脾风速死，天钓惊抽，眼目痓痫，取下风痰。更必有诸疳，多伤食积。心、肝、脾、肺、肾，五脏异症；丁奚、哺露症，急治尤难。痢乃物积、气滞，疟分邪客、水火。肚痛当分虚实，吐乳总曰胃寒。解颅、语迟、夜滞颐，盖是原虚；口疮、鹅口、癞头疮，原由胎毒。赤瘤、火眼，皆从火热；囟高、囟陷，咎归脾虚。如斯古怪，更为何因？岂非乳母不善调治，致儿百病丛生者乎。临症三思、诊视，庶几起死、回生。

（《小儿推拿方脉活婴秘旨全书·卷一·婴童赋》）

## 二、小儿无患歌

孩童常体貌，情态自殊然；
鼻内干无涕，喉中绝没涎。
头如青黛染，唇似点朱鲜；
脸方花映竹，颊绽水浮莲。
喜引方才笑，非时手不掀；
纵哭无多哭，虽眠未久眠。
意同波浪静，性若镜中天；
此候俱安吉，何愁疾病缠。

（《小儿推拿方脉活婴秘旨全书·卷一·小儿无患歌》）

## 三、小儿预后歌诀

### （一）险症不治歌

小儿症候要占详，闭目摇头搐一场；

鼻头汗出兼吐痛，手抱胸前毕竟亡。
白膜侵入瞳仁内，四肢不收候可伤；
指上黄纹青惊变，鱼口鸦声不久长。
太阳青筋生入耳，定睛鱼口亦非良；
赤脉贯睛非吉兆，舌纹目下亦多殃。
莫教口鼻蛔虫黑，鸦声啼哭是难量；
胸陷唇干手足冷，掌冷头低亦主亡。
此时纵惜如珍宝，也须顷刻葬荒冈。
（《小儿推拿方脉活婴秘旨全书·卷一·险症不治歌》）

### （二）小儿死候歌

眼生赤脉贯瞳仁，囟门肿起又作坑；
指甲黑色鼻干燥，鸦声忽作肚青筋；
虚舌出口咬牙齿，目多直视不转睛；
鱼口气急啼不得，蛔虫既出死形真；
手足掷摇惊过节，灵丹十救无一生。
鱼目定睛夜死，面青唇黑昼亡；
啼而不哭是痛，哭而不啼是惊；
嗞煎不安是烦，嗞哇不定是躁。
（《云林神彀·卷四·小儿科》）

编者注:《万病回春·卷之七·小儿科·小儿死候歌》《古今医鉴·卷十三·小儿死候歌》也录有本歌诀。

### （三）小儿死证真诀

黑色如悬针眼下，卢医也须怕。

忽然腹痛鼻青时，不必更求医。
青色连目横入耳，此候必知死。
黑色绕口及连目，看看定不足。
黑起眉间也不良，十日必然亡。
人中黑色入口来，孩子入泉埋。
水肿之病准头黑，报君肾气灭。
咳嗽切忌白入眉，肺绝要君知。
孩子吐时鼻色白，命断难再得。
中风切忌面如妆，焉能得久长。
目陷无光兼直视，必定三朝死。
更有瞳仁不动时，死候要君知。
目似开如又不开，也是死之媒。
口噤全然不进乳，此病终不起。
泻下之物如溺血，孤儿不得活。
长吐不止止又吐，休要劳心顾。
痢久不食更啖人，终与死为邻。
泻痢不歇歇又来，指日下泉台。
小便艰难又大渴，毕竟难得活。
大便用药全不通，扁鹊也无功。
耳上主疮黑斑出，医人无此术。
久嗽四肢皆逆冷，无由难得醒。
体热多应睡不醒，休要费精神。
痘疹出后热不退，此候应为害。
下粪青黑不止时，不必觅良医。
久渴之后加燥渴，命必难得活。

腹肿胀时气又粗，终久命不苏。

（《寿世保元・卷八・小儿死证真诀》）

### （四）夭症歌

身软阳痿头四破，脐小脐高肉不就；

发稀色脆短声啼，遍体青筋俱不寿；

尻肿膑骨若不成，能锯能行皆立逝。

（《小儿推拿方脉活婴秘旨全书・卷一・夭症》）

### （五）五色不治歌

青色如针两目下，良医也须怕。

忽然腹痛面青时，何必更求医。

青色横目及入耳，此症应知死。

赤侵眉间死无疑，七日可为期。

青色如针入口里，报君三日已。

黑色遮眉入绕目，命殂何太速！

黑起眉间也不良，十日定知亡。

人中黑色入口里，必做黄泉鬼。

眼目自闭睁睁开，死信也将来。

水肿之病目输黑，报道肾经绝。

久咳唇白及绕颐，死日不多时。

孩童吐血鼻塞白，命殂救不得。

久病忽然面似妆，不久见阎王。

目陷无光兼盲视，祸从三朝至。

更有瞳仁不转动，休将良药用。

口噤全然不进乳，此病必难许。

泻下之物如瘀血，此儿休望活。

利久不食又咬人，终与鬼为邻。

泻利不止热又生，如何想命回。

久吐不止止又吐，此病人鬼数。

耳内生疮黑斑出，医人休用术。

下粪黑色不止时，不必望生期。

久嗽四肢皆厥冷，备起棺木等。

小儿腹胀喘又粗，终须向死途。

这般诸恶症，枉费用工夫。

小儿牙关紧闭，将夹车穴揉之，自开。

（《小儿推拿方脉活婴秘旨全书・卷一・五色不治歌》）

## 第二节　分证论治歌诀

### 伤寒

伤寒六脉皆浮紧，虎口三关纹紫红；

发热恶寒腰脊强，头疼吐逆闷烦攻。

夹惊卧睡时惊掣，夹食馊酸噎气充；

无汗必须微解散，太阳莫使过经凶。

（《小儿推拿方脉活婴秘旨全书・卷二・伤寒门总括歌》）

## 伤风

伤风贪睡面青黄，呵欠频频热似汤；
口吐气来浑似火，鼻流清涕嗽生痰。
法当解表消痰嗽，加减参苏饮正当；
便用抱龙兼锭子，霎时云散日回光。
（《小儿推拿方脉活婴秘旨全书·卷二·伤风门总括歌》）

## 寒证

百日胎寒与脏寒，中寒内钓疝同看；
停伤食积留中脘，吐泻频啼哯乳干。
小腹痛攻心与胃，虚膨满闷两眉攒；
吐涎面白啼声细，寒战唇青手足拳。
吐出不消纯下白，四肢厥逆夜滋煎；
如斯已上皆寒症，万勿因循变病端。
汤则理中加减用，或投七服七香丸；
若能依此为施治，起死回生是不难。
（《小儿推拿方脉活婴秘旨全书·卷二·寒门总括歌》）

## 热证

小儿生下胎受热，目秘胞浮大便结；
湿热熏蒸遍体黄，小便淋漓或见血。
（《小儿推拿方脉活婴秘旨全书·卷二·热门总括歌》）

## 咳嗽

咳嗽皆因风入肺，重则喘急热不退，

肺伤于寒嗽多痰，伤于热者声壅滞。

寒宜发散热则清，实当泻胃虚补肺，

嗽而不已便成痫，痰盛不已惊风至，

眼眶紫黑如伤损，嗽而有血难调治，

疏风豁痰补泻明，款花膏子妙通神。

寒宜热，则吐出成块者，加山栀子，天花粉。结痰，加瓜蒌仁。湿痰，加白术。寒痰，喘而嗽者，加麻黄、干姜。

（《小儿推拿方脉活婴秘旨全书·卷二·咳嗽歌》）

## 脾胃证

脾属阴兮胃属阳，一身墙壁作中央；

土生万物须和畅，一有亏兮杂病干。

或吐或膨时泄泻，或烦或渴不加飧；

常吞助胃温脾药，生冷休贪便见安。

（《小儿推拿方脉活婴秘旨全书·卷二·脾胃门总括歌》）

## 鹅口、口疮、重腭

白屑满口如鹅口，热盛心脾发口疮；

胎毒熏蒸之所致，上腭悬痈著承浆；

此名重腭因脾热，急宜刺破免生灾。

（《小儿推拿方脉活婴秘旨全书·卷二·鹅口、口疮、重腭歌》）

## 伤食

小儿十病九伤食，食伤发热成诸疾。
早当消导莫迟捱，免致惊疳痰热积。
（《种杏仙方·卷三·小儿》）

## 伤积

积因停滞在胸中，乳食虚惊气所钟，
腹痛面黄晡作热，尪羸烦渴泻流通。
饮食不化酸腥吐，复以滋煎两目红，
急用香棱消积剂，莫教日久致头空。
（《小儿推拿方脉活婴秘旨全书·卷二·伤积总括歌》）

## 吐泻

小儿吐泻何以分，伤食冷热风所困，
肚热脚冷不饮食，日晡潮热往来生。
（《小儿推拿方脉活婴秘旨全书·卷二·吐泻门总括歌》）
小儿吐泻，脾胃俱伤，
或宜镇固，或用补良。
（《云林神彀·卷四·吐泻》）

## 腹痛

腹痛多缘乳食积，邪气正气相交击；
挟寒挟热亦其因，面赤壮热知端的；

面青肢冷是因寒，清热温凉积消息。

（《小儿推拿方脉活婴秘旨全书·卷二·腹痛症歌》）

### 盘肠惊歌

盘肠气痛腰背曲，干啼额汗冷双足；

多因生下感风寒，降气沉香为可服。

（《小儿推拿方脉活婴秘旨全书·卷二·盘肠惊歌》）

### 吐泻不治歌

唇红作泻肛如石，神脱口张浑不食，

汗流作喘腹常鸣，面色昏沉齿露黑。

脉洪身热吐蛔虫，鱼口鸦声并气急，

吐利不止常脱肛，吃下药物随时出，

有药不投定归冥，良医一见须抛掷。

（《小儿推拿方脉活婴秘旨全书·卷二·吐泻不治歌》）

## 痢疾

向因积久多成痢，湿热肥甘滞所为；

或赤或黄或下白，要分气血属何之。

从前导气汤先用，次后香连养脏施；

噤口刮肠当介意，平调脏腑治须知。

（《小儿推拿方脉活婴秘旨全书·卷二·痢门总括歌》）

### 痢疾不治歌

粪门如筒脉洪数，发热不食兼作渴；

泻下浑如烂鱼肠，豆汁屋水交相错。
汗出如油啼不休，肚腹疼痛阴囊缩；
或如痈脓鸡子臭，有药莫投修棺椒。
（《小儿推拿方脉活婴秘旨全书·卷二·痢疾不治歌》）

## 疳积

心肺肝脾肾五疳，形容羸瘦发毛干；
四肢枯细尿如乳，肚大筋青饮食贪。
心症口干时燥热，虚惊面赤更心烦；
摇头揉目睛生膜，发直筋青热在肝。
咳嗽气粗多喘急，肺家洒淅热仍寒；
遍身疮疥形如鬼，足冷龈宣把肾参。
腹满气粗频泄利，脾虚偏爱土泥飧；
潮热骨蒸多盗汗，劳疳羸瘦面黄颜。
脊疳脊骨如刀锯，指背生疮可验看；
脑热囟高疳在脑，干疳干渴大便难。
热疳便涩身如火，泄利频频认作寒；
齿痒多啼唇口紫，蛔虫盘结胃肠间。
丁奚项小并胸陷，肉削尻高脐又翻；
哺露往来虚热甚，头开呕吐胃中关。
无辜脑项因生核，不破须知治疗难；
五疳消积肥儿剂，脱甲同投便见安。
（《小儿推拿方脉活婴秘旨全书·卷二·疳积门总括歌》）

## 疳疾

五疳心肝脾肺肾，冷热肥瘦须辨认。

肚大青筋体瘦黄，和脾消积频频进。

（《种杏仙方·卷三·疳疾》）

癖从皮里膜外生，肝经留血裹成形。

日渐长大如猪肺，不遇仙方命必倾。

（《种杏仙方·卷三·癖疾》）

### 疳积不治歌

疳极丁奚哺露时，腹膨脐突面黄羸；

吐虫泻臭头开解，鹤膝伶仃总莫医。

（《小儿推拿方脉活婴秘旨全书·卷二·疳积不治歌》）

## 滞颐

口为脾窍液津兮，涎流出口滞于颐；

只为脾虚无约制，温脾温胃世间稀。

（《小儿推拿方脉活婴秘旨全书·卷二·滞颐症歌》）

## 重舌、木舌、弄舌

心窍出舌而主血，脾之经络出于舌；

二经有热舌重生，弄舌单主脾家热；

木舌肿如猪舌同，心脾积热无差迭。

（《小儿推拿方脉活婴秘旨全书·卷二·重舌、木舌、弄舌》）

## 夜啼客忤惊歌

夜啼脏冷使之然，腹痛多啼作熬煎；
心经烦热小便赤，脸红舌白热之根。
客忤却缘神气嫩，外邪异物忤其前；
惊啼口吐青黄沫，瘛疭如痴喘息牵。
（《小儿推拿方脉活婴秘旨全书·卷二·夜啼客忤惊歌》）

## 自汗盗汗大汗

小儿盗汗不须医，额汗至胸亦阳虚；
更有胸下当脐汗，此汗皆因脾胃虚。
伤寒疟疾皆将愈，汗分四症分明起；
蒸蒸振汗不战栗，若还战栗汗兼耳。
（《小儿推拿方脉活婴秘旨全书·卷二·自汗盗汗大汗症歌》）

## 惊风

### 急惊歌

热甚生风作急惊，卒然目劄有痰鸣；
面青脸赤频牵引，实热凉惊与利惊。
金箔镇心羌活散，稀涎更下滚痰轻；
搐而不已头多汗，生死还期自晓明。
（《小儿推拿方脉活婴秘旨全书·卷二·急惊歌》）

## 发搐症歌

发搐令人最可惊，左视无声右有声；
女右无声搐左有，阴阳故尔两相承；
五脏虚实观前赋，退热除痰自有精。
（《小儿推拿方脉活婴秘旨全书·卷二·发搐症歌》）

## 内吊惊歌

内吊腹痛多啼哭，唇青囊肿体伛偻；
反张眼有红筋起，寒结胎中更积惊。
（《小儿推拿方脉活婴秘旨全书·卷二·内吊惊歌》）

## 脐风撮口惊歌

小儿脐风名不一，胎风锁肚吊肠疾；
更有卵疝共五般，皆由湿热风相击；
口吐白沫手足冷，唇白紫黑气促极；
腹大青筋哭啼多，撮口不乳四肢直；
药用宣利使气通，珍珠夺命皆当急。
（《小儿推拿方脉活婴秘旨全书·卷二·脐风撮口惊歌》）

## 胎惊歌

壮热腮红心不宁，四肢抽掣冷痰生；
时时呕吐身僵直，半岁不由胎受惊。
又或项间生大块，此名惊风积而成；
消痰清热先须理，定魄安魂用镇惊。
（《小儿推拿方脉活婴秘旨全书·卷二·胎惊歌》）

## 禁口惊歌

禁风口噤不能啼，胎中热毒入心脾；
眼开舌间如粟粒，不能吮乳受羁迷。
（《小儿推拿方脉活婴秘旨全书·卷二·禁口惊歌》）

## 天吊惊歌

天吊原由积热生，涎潮心络又多惊；
双眸翻上唇多燥，项强痰鸣手爪青。
（《小儿推拿方脉活婴秘旨全书·卷二·天吊惊歌》）

## 急惊风

急惊风症，牙关紧急；
喘热涎潮，手足搐搦；
窜视反张，风邪痰热。
急惊属肝，有余之疾。
（《云林神彀·卷四·急惊》）

## 慢惊歌

过服寒凉大病余，或因吐泻久成之；
脾虚胃弱风邪入，眼慢腾腾搐四肢。
面色白青身发冷，痰涎额汗露睛微；
或兼下痢终难治，药用温脾与补脾。
（《小儿推拿方脉活婴秘旨全书·卷二·慢惊歌》）

## 脾风惊歌

脾风之候面额青，舌短头低又露睛；
睡里摇头频吐舌，呕腥口噤咬牙龈。
手足搐而兼冷厥，十中九死没痊平；
身冷身温脉沉细，醒脾一服见安宁。
(《小儿推拿方脉活婴秘旨全书·卷二·脾风惊歌》)

## 慢惊风歌

慢惊风症，吐泻伤脾；
肢体逆冷，口鼻气微；
手足瘛疭，昏睡露睛；
慢惊属脾，不足之症。
(《云林神彀·卷四·慢惊》)

## 惊风治疗歌诀

急慢惊风证不同，慢宜温补急宜攻。
更有慢脾风笃证，枉教医士费神功。
(《种杏仙方·卷三·惊风》)

## 急慢惊风不治歌

惊风睛定要推求，口噤声焦脉数忧；
眼合不开并窜瞪，面绯面黑手难收。
口张吐沫气粗大，发直摇头汗不流；
齁鮯喉鸣鼻端冷，遗尿泻血并皆休。
(《小儿推拿方脉活婴秘旨全书·卷二·急慢惊风不治歌》)

## 癫痫

### 惊痫症歌

牛马猪羊鸡五痫，须识惊风食与痰；
角弓反张目直视，目瞪吐沫闭牙关；
五形五脏须分晓，牛黄丸可取风痰。
(《小儿推拿方脉活婴秘旨全书·卷二·惊痫症歌》)

## 癥瘕

癖疾僻两胁，结块硬如铁；
发热肌瘦黄，养正邪自灭。
(《云林神彀·卷四·癖疾》)

## 水肿

### 肿胀门总括歌

小儿肿胀脾家湿，脏腑气虚即或极；
或因停积于胃中，或因疟痢虚而得；
疳气痞块或血虚，饮食饥饱皆为积；
医人审察盛与衰，分气补虚不可失；
有积当与渐消之，固本正标方是的；
阴囊无缝掌无纹，脐突如李面黧黑；
唇焦口燥脉不来，有药莫投徒用力。

（《小儿推拿方脉活婴秘旨全书·卷二·肿胀门总括歌》）

## 遗尿

小儿遗尿细推详，肾膀虚弱致其殃；
清冷气虚无约制，故令不禁溺于床。
（《小儿推拿方脉活婴秘旨全书·卷二·遗尿症歌》）

## 疟疾

小儿疟疾多因食，邪正交攻寒热逼；
截之太早反不良，初乃清脾饮消释；
次进截疟不二饮，神功一服如金石。
（《小儿推拿方脉活婴秘旨全书·卷二·疟疾症歌》）

### 疟疾不治症歌

荏苒经旬疟不除，更加泻利闷如痴；
蒸蒸作热浑身瘦，肚大青筋鼻似煤；
饮食未尝洁口腹，囟门填陷项常垂；
生痰喘急时加嗽，纵有良工不可医。
（《小儿推拿方脉活婴秘旨全书·卷二·疟疾不治症歌》）

## 五迟

### 语迟症歌

小儿长大不能言，在母胎中惊怖然；

邪气乘心舌无力，故令迟语受熬煎。

（《小儿推拿方脉活婴秘旨全书·卷二·语迟症歌》）

### 行迟大法歌

小儿五百日当行，蒸变才周骨始全；

二三五岁尤难走，肝肾虚而骨不坚；

肾不扶肝筋力弱，五茄虎骨走天边。

（《小儿推拿方脉活婴秘旨全书·卷二·行迟大法歌》）

## 解颅

肾经主髓脑为海，头缝开时肾气亏；

面多㿠色睛多白，长而少笑瘦而羸；

须服地黄丸补肾，柏子三辛救此危。

（《小儿推拿方脉活婴秘旨全书·卷二·解颅总括歌》）

## 龟胸龟背

肺经受热致龟胸，胸上高如龟脊同；

胀满攻于胸膈上，母食辛温热乳冲；

客风入脊成龟背，龟尿点脊有神功。

（《小儿推拿方脉活婴秘旨全书·卷二·龟胸龟背歌》）

## 囟陷

### 囟填症歌

囟填之症囟门高，饥饱无常乳不调；

或寒或热乘脾胃，脏腑不和自汗浇；
气则上充填满起，囟肿如堆短发毛。
（《小儿推拿方脉活婴秘旨全书·卷二·囟填症歌》）

### 囟陷症歌

小儿囟陷因何致，热渴引饮成泻痢；
积久因而气血虚，髓不能充有若是。
（《小儿推拿方脉活婴秘旨全书·卷二·囟陷症歌》）

## 麻疹

麻疹初起，恶寒发热；
咳嗽喷涕，解表甚捷。
（《云林神彀·卷四·麻疹》）

## 痘疮

痘疹原来是胎毒，发热轻迟重则速。
痘要温和疹要清，随机应变勿胶柱。
（《种杏仙方·卷三·痘疹》）

小儿痘疮何以知，腮赤眼胞亦赤时；
呵欠喷嚏及惊怖，耳尖手指冰如之；
证作三日疮不见，升发之药不可迟；
败毒葛根堪选用，解热表汗最为宜；
寒凉之剂慎勿用，脏腑一动致灾危。
（《云林神彀·卷四·痘疮》）

编者注:《万病回春·卷之七·痘疮》也录有本歌诀。

## 痘证辨疑赋

胎毒蓄积，发于痘疮。传染由于外感，轻重过于内伤。初起太阳，壬水克于丙丁，后归阳明，血水化为脓浆。势若燃眉，变若反掌，若救焚兮，徒薪何如焦额，如落水兮，拯溺不及褰裳。欲知表里虚实，须明寒热温凉。证候殊形，脏腑易状，肝火激成水泡，肺主涕而脓浆，必斑红紫，脾疹赤黄，肾经居下，不受污浊，为变黑而可防。观其外证，推乎内脏，呵欠烦闷兮，肝木之因，咳涕喷嚏兮，肺金之象，目带赤兮，心火延于胸膈，手足厥冷而昏睡兮，脾土困于中央，耳尻属肾，温暖如常，二处烦热，痘疹乖张。先分部位，次察灾祥，阳明从目落鼻，太阳形于头上，心火炎热则舌干面赤，肺金郁结则胸膈先伤，手足属乎脾胃，肝胆主胁肋之旁，颈项三阳交会，腰背统乎膀胱。外证明分，用心想象，泄者邪盛于下，吐者邪甚于上，气逆而腹胀隐隐，毒甚而腰痛惶惶，心热甚而惊搐，胃邪实而癫狂，口燥咽干，肺受火邪而液竭，便闭尿涩，肾因火旺而津亡。欲识痘之轻重，当观热于形状，毒甚兮，心如炎上，毒微兮，内外清凉，寒热往来神气爽，定知痘出必祯祥。数番渐出兮，春回阳谷，一齐涌出兮，火烈昆冈。蚊虫蚤斑，刻期而归阴府，蛇皮蝉退，引日而反泉乡。虽怕红紫，最嫌灰白，最宜淡红滋润，切忌黑陷干黄。色要明润兮，犹恐薄嫩之易破，痘贵干结兮，又愁痒塌之难当。面颊稀而磊落，清安可保，胸膈密而连串，吉凶难量。顶要尖圆，不宜平陷，浆宜饱满，切忌空疮。皮喜老而愁嫩，肤爱活而怕光。结实高耸，始终无虑，丹浮皮肉，必主刑伤。唇面颈肿兮，八九如何可过，腰痛胃烂兮，一切定主灾殃。疮堆口后，毒缠颈项，咽疮喉肿，饮食难尝，泄痢脓血，毒甚无浆，人力难尽，天命非长。痘疮焦落，辨别阴阳，人中上下，先靥为良，足腰先若黑靥，多凶而少吉祥。

（《寿世保元·卷八·痘证辨疑赋》）

## 神断秘诀

细嫩无分地，粘连一片红，
七朝虚痒塌，干燥定无脓。
皮肤无光亮，胸前不空闲，
一身红紫泡，九日往西天。
痘肿皮不肿，眼开口又开，
阴阳俱无缝，六日一场空。
满面皆稠密，仔细看阴阳，
天庭浆不足，此儿必有伤。
头身色不润，脓绿臭难当，
此般脾气绝，不久命须亡。
初起疮贴肉，起后肉难通，
寒热不分别，痒塌七朝中。
见点如肝样，焦枯黑陷伤，
心肾二经绝，此痘火中央。
头面方见大，顷刻又尖长，
此般形像见，不羡有奇方。
十四痂堪落，依然干燥脓，
沉沉睡不食，延日不能生。

目中光射斗，手足乱摇摇，
若逢有此疾，不日命须倾。
五经穴痘上，斜视肿不分，
纵然与解毒，迟日一场空。
舌尖上见黑，心经克肺经，
皮红胭脂样，半月此儿亡。
目白睛红赤，唇红痘三般，
黄浆胃先烂，焦裂饮茶终。
初见云中月，云中隐隐丹，
两朝三日后，儿命待西天。
脓黄色不活，干极脚摊红，
牙疳泻不食，半月命须终。
脐凸四肢浮，睛黄赤鼻头，
类般颜色异，十五命难留。
仔细看身疔，咽喉前后心，
阴阳并脑后，唇舌顶阴生。
十四痂该落，脓疮食不进，
无神死蛇臭，儿命必身殒。
见点如肝样，针苗接一连，
干红主绝水，十命九难延。
目定神昏热，喉痰膝下冰，
饮汤并下泻，顷刻命难存。
舌上浮血点，喉疮咽不清，
皮红痘不起，心经克肺经。
如神真秘诀，学者要精明。

（《寿世保元·卷八·神断秘诀》）

## 癞头疮

小儿出生癞头疮，满头邋遢出浓浆；
父母胎前恣情欲，致儿生下受灾殃。
（《小儿推拿方脉活婴秘旨全书·卷二·癞头疮症歌》）

## 斑疹

### 斑疹门总括歌

疹如麻子斑如锦，水痕如珠赤痘红；
四症总因风与热，各分调理莫相同。
（《小儿推拿方脉活婴秘旨全书·卷二·斑疹门总括歌》）

### 伤寒斑疹不治歌

病人目陷口开张，身臭唇青命不长；
更看人中反向上，爪甲青黑命将亡。
口中冷气出无归，斑黑昏沉不透肌；
发直毛焦兼喘急，汗如珠子定难医。
（《小儿推拿方脉活婴秘旨全书·卷二·伤寒斑疹不治歌》）

## 赤游风

### 赤游风症歌

赤瘤丹毒从何起，只因热毒客腠理；
气血相抟发皮肤，缘母过食煎炒取；

烘衣未冷与之穿，赤肿游行至遍体。

(《小儿推拿方脉活婴秘旨全书·卷二·赤游风症歌》)

## 脱肛

### 脱肛症歌

肺气虚时脱出肛，小儿此症不须慌；

泻痢久而气下坠，涩肠文蛤好推详。

(《小儿推拿方脉活婴秘旨全书·卷二·脱肛症歌》)

## 虫证

### 蛔虫痛歌

小儿腹痛是虫攻，多食肥甘故长虫；

口涎吐沫兼清水，唇鼻人中黑气冲。

(《小儿推拿方脉活婴秘旨全书·卷二·蛔虫痛歌》)

## 蒸变

### 蒸变症歌

小儿脏腑未全成，长养之时作变蒸；

变则气升蒸则热，八蒸十变便成人。

(《小儿推拿方脉活婴秘旨全书·卷二·蒸变症歌》)

# 第八章
# 外科歌诀

## 疮疡

疔疮名有十三种，皆是风邪热毒致；
突出痛痒不可当，毒攻命在须臾际。
（《云林神彀・卷四・疔疮》）

疔疮名有十三种，皆由热毒及邪风。
外宜刺破敷其药，发汗须交毒外攻。
（《种杏仙方・卷三・疔疮》）

臁疮湿毒兼风热，两脚生疮肿烂裂。
祛除湿热更追虫，葱椒汤洗后敷贴。
（《种杏仙方・卷三・臁疮》）

臁疮肿痛，风热湿毒；
清热除湿，自然可遂。
（《云林神彀・卷四・臁疮》）

秃疮头上如白雪，常时作痒抓出血。
有虫有热毒兼风，用药搽之自消灭。
（《种杏仙方・卷三・秃疮》）

一切恶毒疮，肿痛不可当，
初起宜败毒，日久托里良。
（《云林神彀・卷四・诸疮》）

一切无名肿毒疮，须臾肿起痛难当。
急将妙药频敷贴，免使猖狂作祸殃。
（《种杏仙方・卷三・诸疮》）

痈疽发背气凝起，先宜败毒后托里。
高起属阳陷属阴，阳轻阴重费调理。

（《种杏仙方·卷三·痈疽》）

痈疽脉数，浮阳沉阴。

浮数不热，但恶寒侵。

若知痛处，急灸或针。

洪数病进，将有脓淫。

滑实紧促，内消可禁。

宜托里者，脉虚濡迟。

或芤涩微，溃后亦宜。

长缓易治，短散则危。

结促代见，必死无疑。

（《万病回春·卷之八·痈疽》）

痈者高大起，属阳六腑生。

疽者平内发，属阴五脏成。

痈疽若未破，热药不堪行，

痈疽既破溃，冷药未可轻。

痈疽若初发，败毒散堪凭。

痈疽若初溃，活命饮通灵。

痈疽若破溃，内托可回生。

痈疽肿痛，病在初起，

毒气要攻，发表通里。

（《云林神彀·卷四·痈疽》）

## 杖疮

杖疮肿痛，瘀血不散；

血气攻心，寒热慌乱。

(《云林神彀·卷四·杖疮》)

## 汤火疮

火烧汤烫，勿令冷物；

热气得冷，烂入筋骨。

(《云林神彀·卷四·汤火疮》)

## 跌打损伤

跌扑折伤，瘀血凝聚，

心腹胀闷，散瘀消滞。

(《云林神彀·卷四·折伤》)

折伤打扑痛难禁，瘀血停留忽上心。

散瘀止痛须趁早，补虚接骨慢搜寻。

(《种杏仙方·卷四·折伤》)

## 破伤风

破伤风邪，初尚在表；

寒热拘急，发散当早。

(《云林神彀·卷四·破伤风》)

破伤风证有多端，汗下和之病自安。

发散祛风能奏效，治之莫当等闲看。

(《种杏仙方·卷四·破伤风》)

## 便毒

便毒生于两腿间，败精抟血聚中关。

寒热交争疼痛肿，急宜败毒泻脓安。

（《种杏仙方·卷三·便毒》）

便毒属厥阴，两股合缝间，

肿痛发寒热，祛毒是仙丹。

（《云林神彀·卷四·便毒》）

## 瘰疬

瘰疬相连颈项生，虚劳气郁结其形。

益气养荣并解郁，内消方显药通灵。

（《种杏仙方·卷三·瘰疬》）

瘰疬生颈项，虚劳气郁致；

补虚开郁结，日久渐消去。

（《云林神彀·卷四·瘰疬》）

## 结核

人身结核者，风痰气郁结；

皮里膜外生，硬如果中核。

（《云林神彀·卷三·结核》）

结核皆因痰火注，郁结聚硬在其处；

不红不痛不作脓，化痰清火平如故。

（《种杏仙方·卷二·结核》）

## 斑疹

发斑红赤为热，若紫不赤为热甚；
若还紫黑为胃烂，赤斑半生半死症；
黑斑九死一个，大抵鲜红稀即静。
(《云林神彀·卷二·斑疹》)

## 疥疮

疥癞湿热小干疮，浑身瘙痒也难当。
杀虫除湿追风毒，须用神仙一扫光。
(《种杏仙方·卷三·疥疮》)
五疥五脏毒，干湿虫砂脓；
祛风除湿热，内外两收功。
(《云林神彀·卷四·疥疮》)

## 癣疮

癣疮原是因风毒，湿热相煎聚一处。
有时作痒痛难当，用药杀虫使风去。
(《种杏仙方·卷三·癣疮》)
疥癣风燥，毒克皮肤；
浮浅为疥，深以癣呼；
疥多挟热，癣挟湿殊。
(《云林神彀·卷四·癣疮》)

## 瘙痒

秃疮头上如白雪，常时作痒抓出血。
有虫有热毒兼风，用药搽之自消灭。
(《种杏仙方·卷三·秃疮》)

## 白癜风

白癜紫癜一般风，附子硫黄最有功；
姜汁调匀茄蒂搽，但患痒处并无踪。
(《万病回春·卷之八·癜风》)

## 汗斑

白癜紫癜一般风，更有汗斑亦相同。
内服败风丸散药，外将末剂擦其容。
(《种杏仙方·卷三·癜风》)

## 白发

须属肾兮发属心，肝经眉属是其真。
肾水伤时须必白，发皤还是损心神。
(《种杏仙方·卷二·须发》)

## 腋臭

腋臭人闻不可言，谁知子母亦相传。
若还得遇仙药方，管取教君除却根。
(《种杏仙方·卷二·腋臭》)

## 下疳

下疳生疮在玉茎，只缘交接不干净。
邪毒浸渍发成疮，先洗后敷方有应。
（《种杏仙方·卷三·疳疮》）
阴头若肿痛，生疮名下疳；
皆是风热毒，乃属厥阴肝。
（《云林神彀·卷四·下疳》）

## 杨梅疮

杨梅一名广东疮，先宜发出后无伤。
毒出方服遗粮药，免教筋骨痛难当。
（《种杏仙方·卷三·杨梅疮》）
杨梅天泡，风湿热毒；
先发后攻，慎勿欲速。
（《云林神彀·卷四·杨梅疮》）

## 疝气

疝气七种要推详，寒水筋血气狐㿗。
湿热在内因寒裹，阴肿小腹痛如锥。
（《种杏仙方·卷二·疝气》）
疝气本肝经，湿热郁于中；
寒气束于外，所以痛不通。
（《云林神彀·卷三·疝气》）

## 脱肛

脱肛气虚寒脱下，多因血痔久痢泻。
治当补气要升提，清除湿热效奔马。
(《种杏仙方·卷二·脱肛》)

肺脏若虚寒，肛门即脱出；
升补元气回，此是真仙术。
(《云林神彀·卷三·脱肛》)

## 痔疮

痔漏名有二十四，酒色气风食五事。
未破名痔破为漏，祛风除湿解毒治。
(《种杏仙方·卷二·痔漏》)

痔疾因何致，酒色气风食；
燥湿与风热，肿痛未破是。
(《云林神彀·卷三·痔漏》)

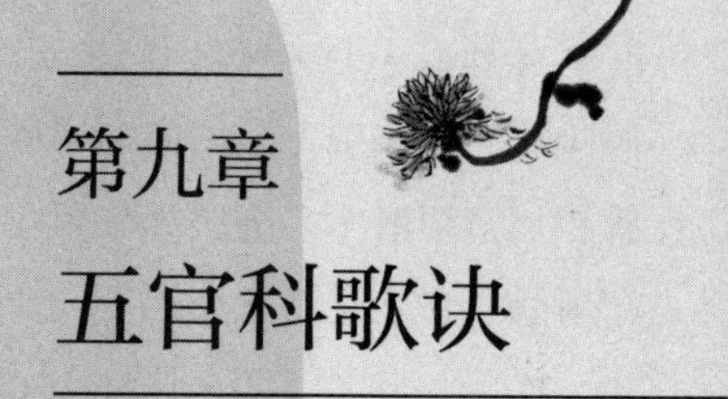

# 第九章

# 五官科歌诀

## 眼病

眼是脏腑之精华，瞳人属肾黑肝家；
眼胞属脾白珠肺，两眦属心经不差。
（《云林神彀·卷三·眼目》）

眼眦属心白属肺，上下眼名皆属脾。
瞳仁属肾黑肝木，五脏精华眼见之。
（《种杏仙方·卷二·眼目》）

## 耳聋

耳聋男右因色欲，女人左聋缘忿怒。
左右俱聋厚味伤，补虚顺气痰除去。
（《种杏仙方·卷二·耳病》）

## 鼻窒

鼻窒不闻臭与香，素常痰火肺间藏。
每遇风寒必便塞，清金降火最为良。
（《种杏仙方·卷二·鼻病》）

## 乳蛾

喉痹一名为乳蛾，多因酒色七情过。
痰火上壅为肿痛，祛风清火得平和。
（《种杏仙方·卷二·咽喉》）

## 喉痹

咽喉忽肿痛，风热痰火重；

外要吹咽喉，内把清凉用。

（《云林神彀·卷三·咽喉》）

## 口疮

口舌生疮心脏热，凉剂徐投火自灭。

口舌肝热移于胆，此因谋虑而不决。

（《种杏仙方·卷二·口舌》）

## 牙痛

牙痛湿热有胃火，有风有虫痛非可。

清火除湿更诛虫，或搽或服皆安妥。

（《种杏仙方·卷二·牙齿》）

10

# 第十章

# 针灸推拿歌诀

# 第一节 十二经脉歌

## 手太阴肺经脉歌

手太阴肺中焦生，下络大肠出贲门。
上膈属肺从肺系，系横出腋臑中行。
肘臂寸口上鱼际，大指内侧爪甲根。
支络还从腕后出，接次指属阳明经。
此经多气而少血，是动则病喘与咳。
肺胀膨膨缺盆痛，两手交瞀为臂厥。
所生病者为气咳，喘渴烦心胸满结。
臑臂之内前臁痛，小便频数掌中热。
气虚肩背痛而寒，气盛亦疼风汗出。
欠伸少气不足息，遗矢无度溺变别。

（龚廷贤《万病回春·卷之一·十二经脉歌·手太阴肺经脉歌》）

## 手阳明大肠经脉歌

阳明之脉手大肠，次指内侧起商阳。
循指上连出合谷，两筋歧骨循臂膀。
入肘外臁循臑外，肩端前臁柱骨旁。
从肩下入缺盆内，络肺下膈属大肠；
支从缺盆上入颈，斜贯颊前下齿当。
环出人中交左右，上侠鼻孔注迎香。

此经气盛血亦盛，是动颛肿并齿痛。

所生病者为鼽衄，目黄口干喉痹生。

大指次指难为用，肩前臑外痛相仍。

气有余兮脉热肿，虚则寒栗病偏增。

（龚廷贤《万病回春·卷之一·十二经脉歌·手阳明大肠经脉歌》）

## 足阳明胃经脉歌

胃足阳明交鼻起，下循鼻外下入齿，

还出侠口绕承浆，颐后大迎颊车里。

耳前发际至额颅，支下人迎缺盆底，

下膈入胃络脾宫，直者缺盆下乳内；

一支幽门循腹中，下行直合气冲逢，

遂由髀关抵膝膑，胻跗中指内关同；

一支下膝注三里，前出中指外关通；

一支别走足跗指，大指之端经尽矣。

此经多气复多血，是动欠伸面颜黑，

凄凄恶寒畏见人，忽闻木音心惊惕，

登高而歌弃衣走，甚则腹胀仍贲响。

凡此诸疾皆骭厥，所生病者为狂疟。

湿淫汗出鼻流血，口㖞唇裂又喉痹。

膝膑疼痛腹胀结，气膺伏兔骭外廉。

足跗中指俱痛彻，有余消谷溺色黄。

不足身前寒振栗，胃房胀满食不消。

（龚廷贤《万病回春·卷之一·十二经脉歌·足阳明胃经脉歌》）

## 足太阴脾经脉歌

太阴脾起足大趾，上循内侧白肉际，
核骨之后内踝前，上腨循胻胫膝里，
股内前廉入腹中，属脾络胃与膈通，
侠喉连舌散舌下，支络从胃注心宫。
此经气盛而血衰，是动其病气所为。
食入即吐胃脘痛，更兼身体痛难移。
腹胀善噫舌本强，得后余气快然衰。
所生病者舌亦痛，体重不食亦如之。
烦心心下仍急痛，泄水溏瘕寒疟随。
不卧强立股膝肿，疸发身黄大指痿。

（龚廷贤《万病回春·卷之一·十二经脉歌·足太阴脾经脉歌》）

## 手少阴心经脉歌

手少阴脉起心中，下膈直与小肠通；
支者还从肺系走，直上喉咙系目瞳；
直者上肺出腋下，臑后肘内少海从。
臂内后廉抵掌中，锐骨之端注少冲。
多气少血属此经，是动心脾痛难任。
渴欲饮水咽干燥，所生臑痛目如金。
胁臂之内后廉痛，掌中有热向经寻。

（龚廷贤《万病回春·卷之一·十二经脉歌·手少阴心经脉歌》）

## 手太阳小肠经脉歌

手太阳经小肠脉，小指之端起少泽，
循手外廉出踝中，循臂骨出肘内侧。
上循臑外出后廉，直过肩解绕肩胛，
交肩下入缺盆内，向腋络心循咽嗌。
下膈抵胃属小肠，一支缺盆贯颈颊，
至目锐眦却入耳，复从耳前仍上颊。
抵鼻升至目内眦，斜络于颧别络接。
此经少气还多血，是动则病痛咽嗌。
颔下肿兮不可顾，肩如拔兮臑似折。
所生病兮主肩臑，耳聋目黄肿腮颊。
肘臂之外后廉痛，部分尤当细分别。

（龚廷贤《万病回春·卷之一·十二经脉歌·手太阳小肠经脉歌》）

## 足太阳膀胱经脉歌

足经太阳膀胱脉，目内眦上起额尖，
支者巅上至耳角，直者从巅脑后悬。
络脑还出别下项，仍随肩膊侠脊边，
抵腰膂肾膀胱内，一支下与后阴连，
贯臀斜入委中穴，一支膊内左右别，
贯胛侠脊过髀枢，臀内后廉腘中合，
下贯腨内外踝后，京骨之下指外侧。
此经血多气犹少，是动头痛不可当。

项如拔兮腰似折，髀枢痛彻脊中央。
腘如结兮腨如裂，是为踝厥筋乃伤。
所生疟痔小指废，头囟项痛目色黄。
腰尻腘脚疼连背，泪流鼻衄及癫狂。

（龚廷贤《万病回春·卷之一·十二经脉歌·足太阳膀胱经脉歌》）

## 足少阴肾经脉歌

足经肾脉属少阴，小指斜趋涌泉心，
然骨之下内踝后，别入跟中腨内侵。
出腘内廉上股内，贯脊属肾膀胱临；
直者属肾贯肝膈，入肺循喉舌本寻；
支者从肺络心内，仍至胸中部分深。
此经多气而少血，是动病饥不欲食。
喘嗽唾血喉中鸣，坐如欲起面如垢。
目视䀮䀮气不足，心悬如饥常惕惕。
所生病者为舌干，口热咽痛气贲逼。
股内后廉并脊疼，心肠烦痛疸而澼。
痿厥嗜卧体怠惰，足下热痛皆肾厥。

（龚廷贤《万病回春·卷之一·十二经脉歌·足少阴肾经脉歌》）

## 手厥阴心包络经脉歌

手厥阴心主起胸，属包下膈三焦宫，
支者循胸出胁下，胁下连腋三寸同，

仍上抵腋循臑内，太阴少阴两经中，
指透中冲支者别，小指次指络相通。
此经少气原多血，是动则病手心热。
肘臂挛急腋下肿，甚则胸胁支满结。
心中澹澹或大动，善笑目黄面赤色。
所生病者为烦心，心痛掌热病之则。

（龚廷贤《万病回春·卷之一·十二经脉歌·手厥阴心包络经脉歌》）

## 手少阳三焦经脉歌

手经少阳三焦脉，起自小指次指端，
两指歧骨手腕表，上出臂外两骨间，
肘后臑外循肩上，少阳之后交别传，
下入缺盆膻中分，散络心包膈里穿；
支者膻中缺盆上，上项耳后耳角旋，
屈下至颐仍注颊，一支出耳入耳前，
却从上关交曲颊，至目内眦乃尽焉。
此经少血还多气，是动耳鸣喉肿痹。
所生病者汗自出，耳后痛兼目锐眦。
肩臑肘臂外皆疼，小指次指亦如废。

（龚廷贤《万病回春·卷之一·十二经脉歌·手少阳三焦经脉歌》）

## 足少阳胆经脉歌

足脉少阳胆之经，始从两目锐眦生，

抵头循角下耳后，脑空风池次第行。

手少阳前至肩上，交少阳右上缺盆，

支者耳后贯耳内，出走耳前锐眦循。

一支锐眦大迎下，合手少阳抵颇根，

下加颊车缺盆合，入胸贯膈络肝经。

属胆仍从胁里过，下入气冲毛际萦，

横入髀厌环跳内，直者缺盆下腋膺。

过季胁下髀厌内，出膝外廉是阳陵，

外辅绝骨踝前过，足跗小指次指分。

一支别从大指去，三毛之际接肝经。

此经多气而少血，是动口苦善太息。

心胁疼痛难转移，面尘足热体无泽。

所生头痛连锐眦，缺盆肿痛并两腋。

马刀挟瘿生两旁，汗出振寒痎疟疾。

胸胁髀膝至胻骨，绝骨踝后及诸节。

（龚廷贤《万病回春·卷之一·十二经脉歌·足少阳胆经脉歌》）

## 足厥阴肝经脉歌

厥阴足脉肝所终，大指之端毛际丛，

足跗上廉太冲分，踝前一寸入中封。

上踝交出太阴后，循腘内廉阴股冲，

环绕阴器抵小腹，侠胃属肝络胆逢。

上贯隔里布胁肋，侠喉颃颡目系同，

脉上巅会督脉出，支者还生目系中，

下络颊里还唇内，支者便从膈肺通。

此经血多气少焉，是动腰疼俯仰难。

男疝女人小腹肿，面尘脱色及咽干。

所生病者为胸满，呕吐洞泄小便难。

或时遗溺并狐疝，临证还须仔细看。

（龚廷贤《万病回春·卷之一·十二经脉歌·足厥阴肝经脉歌》）

## 第二节 小儿推拿歌诀

### 正面部位歌

中庭与天庭，司空及印堂，额角方广处，有病定存亡。青黑惊风急，体和滑泽光，不可陷兼损，唇黑最难当。

青甚须忧恐，昏暗亦堪伤，此是命门地，医师要较量。

额上属心，鼻准属土，左腮属肝，右腮属肺，下颏属肾。

天吊惊：眼向上不下。将两耳珠望下一扯，一掐，即转。

肝惊起发际，肝积在食仓，肝冷面青白，肝热正眉端。

脾惊正发际，脾积唇应黄，脾冷眉中岳，脾热太阳侵。

肺惊发鬓赤，肺积发际当，肺寒人中见，肺热面腮旁。

肾惊耳前穴，肾积眼包相，肾冷额上黑，肾热赤食惊。

心惊在印堂，心热额角荒，心冷太阳位，心热面颊妆。

（《小儿推拿方脉活婴秘旨全书·卷一·正面部位歌》）

## 十二手法主病赋

黄蜂入洞治冷痰、阴症第一；水底捞明月主化痰、潮热无双。凤凰丹展翅同乌双龙摆尾之功；老翁绞罾合狼猴摘果之用。

打马过天河止呕、兼乎泻痢；按弦走搓磨动气、最化痰海。

赤风摇头治木麻；乌龙摆尾开闭结。

二龙戏珠利结止搐之猛将；猿猴摘果祛痰截疟之先锋。

飞筋走气专传送之；天门入虎之能血也。

（《小儿推拿方脉活婴秘旨全书•卷一•十二手法主病赋》）

## 掌面推法歌

一掐心经二劳宫，推上三关汗即通，
如若不来加二扇，黄蜂入洞助其功。
侧掐大肠推虎口，螺蛳穴用助生功，
内伤泄痢兼寒疟，肚胀痰吼气可攻。
一掐脾经屈指补，艮震重揉肚胀宜，
肌瘦面若带黄色，饮食随时而进之。
肾经一掐二横文，推上为清下补盈，
上马穴清同此看，双龙摆尾助其功。
肺经一掐二为离，离乾二穴重按之，
中风咳嗽兼痰积，起死回生便晌时。
一掐肾水下一节，便须二掐小横文，
退之六腑凉将至，肚膨闭塞一时宁。

总筋一掐天河水，潮热周身退似水，
再加水底捞明月，终夜孩啼即住声。
运行八卦开胸膈，气喘痰多即便轻，
版门重揉君记取，即时饮食进安宁。
眼翻即播小天心，望上须当掐下平，
望下即宜将上掐，左边掐右右当明。
运土入水身羸瘦，土衰水盛肚青筋，
运水入土膨胀止，水衰土盛眼将睁。
阴阳二穴分轻重，寒热相攻疟痢生，
痰热气喘阴重解，无吼无热用阳轻。
运动五经驱脏腑，随时急用四横文。
（《小儿推拿方脉活婴秘旨全书·卷一·掌面推法歌》）

## 掌上诸穴拿法歌

三关出汗行经络，发汗行气是为先，
大肠侧推到虎口，止泻止痢断根源。
脾土宜补直为清，饮食不进此为魁，
泄痢羸瘦并水泻，心胸痞气塞能开。
掐心经络节与离，推离往乾中要轻，
胃风咳嗽并吐逆，此经推效抵千金。
肾水一纹是后溪，推上为补下为清，
小便闭塞清之妙，肾经虚便补为奇。
六腑专治脏腑热，遍身潮热大便结，
人事昏沉总可推，去病犹如汤泼雪。
总筋天河水除热，口中热气并括舌，

心经积热火眼攻，推之即好真秘诀。
四横纹和上下气，吼气肚痛皆可止，
五经能通脏腑热，八卦开胸化痰逆。
胸膈痞满最为先，不是知音莫可传，
水火能除寒与热，二便不通并水湿。
人事昏沉痢疾攻，疾忙须救要口诀，
天门虎口须当竭，㪷肘生血顺是妙。
一指五指节与推，惊风被唬要须知，
小天心能生肾水，肾水虚少须用意。
板门专治气发攻，扇门发汗热宜通，
一窝风能治肚痛，阳池专一治头疼。
二人上马清补肾，威灵卒死可回生，
外劳宫治泻用之，拿此又可止头疼。
精灵穴能医吼气，小肠诸气快如风。
（《小儿推拿方脉活婴秘旨全书·卷一·掌上诸穴拿法歌》）

## 掌背穴治病歌

掌背三节驱风水，靠山剿疟少商同，
内外间使兼三穴，一窝风止头疼功，
头疼肚痛外劳宫，潮热孩啼不出声，
单掐阳池头痛止，威灵穴掐死还生。
一掐精灵穴便苏，口歪气喘疾皆除，
内间外使平吐泻，外揉八卦遍身疏。
（《小儿推拿方脉活婴秘旨全书·卷一》）

## 五脏主病歌

心经热盛定痴迷，天河推过到阳池，
肝经有病人多痹，推动脾土病能除。
脾经有病食不进，推动脾土病必应，
肺受风寒咳嗽多，可把肺经久按摩。
肾经有病小便寒，推动肾水即救得，
大肠有病泄泻多，大肠推抹待如何。
小肠有病小便闭，横门板门推可记，
命门有疾原气亏，脾土太阳八卦为。
三焦主病多寒热，天河六腑神仙诀，
膀胱有病作淋疴，肾水八卦运天河。
胆经有病口作苦，只从妙法推脾土，
胃经有病寒气攻，脾土肺金能去风。
(《小儿推拿方脉活婴秘旨全书・卷一・五脏主病歌》)

## 二十四惊推法歌

兔丝惊主口括舌，四肢冷软心家热，
推上三关二十通，清肾天河五十歇。
运卦分阴亦三十,二十水底捞明月，
葱水推之蛤粉擦，手足中心太阳穴。
洗口米泔仍忌乳，顷刻其惊潜咸灭。
马蹄惊主肢向上，四肢乱舞感风吓，
推上三关五十通，三次掐手五指节。
补脾运卦四横文，各加五十无差迭，

走磨摇头三十遭，天门入虎神仙诀。
姜水推之生冷忌，上马揉之汗不歇。
水泻惊主肚中响，遍身软弱嘴唇白，
眼翻寒热不调匀，推上三关加半百，
补脾运卦五十遭，天门入虎三次诀，
横文四十抖揉十，大蒜细研重纸隔，
敷脐大久小片时，风乳饮食皆忌得。
鲫鱼惊主吐白沫，肢摇眼白因寒唬，
十三关上好追求，肺经走磨五十歇。
八卦四十横纹二,四次掐手五指节，
上马三遭茶洗口，蛤粉涂顶惊自灭。
乌纱惊主唇肢黑，面有青筋肚作膨，
食后感寒风里唬，三关五十逞奇能。
运卦补脾并补肾，半百还揉二扇门，
分阴二十横四十,二十黄龙入洞增。
麝香推罢忌乳风，虚汗来多补土行。
乌鸦惊大声即死，眼闭口开手足舞，
此是痰多被唬惊，三关二十应无苦，
推肺运卦分阴阳，补肾横文五十主，
按弦走磨只三次，天心一掐葱姜补，
细茶洗口取微汗，蛤粉涂顶忌乳风。
肚胀惊气喘不宁，青筋裹肚眼翻睛，
此子只缘伤乳食，二十三关即效灵。
大肠阴阳并八卦，补脾补肾半百匀，
天门虎口只三次，五十横文最有情。

二十水底捞明月，葱姜推取汗频频，
捣葱用纸重包裹，敷向胸前忌乳风。
潮热惊多生气喘，口渴昏迷食感寒，
推关六腑各六十，河水阴阳四十完。
八卦横文须半百，三次天门入虎看，
姜葱推汗泔洗口，茱萸灯草脚心安。
一哭一死惊夜啼，四肢掣跳起登时，
有痰伤食仍伤热，八卦三关二十施。
分阴阳清天河水，六腑清凉半百奇，
横文四十推盐水，薄荷煎汤口洗之，
生冷乳时须禁忌，搽胸用蛤更敷脐。
缩沙惊至晚昏沉，人事不知口眼掣，
痰症三关四十推，八卦三十肾二百，
虎口阴阳五十匀，指节一百为真诀，
揉脐一十麝香推，蛤搽手足风忌得，
研茶作饼内间敷，洗口还须汤滚白。
脐风惊主口吐沫，四肢掣跳手拿拳，
眼翻偏视哭不止，三关一十问根源，
运卦清金并补肾，龙戏珠背五十圆，
指节数番姜水抹，米泔须用洗丹田。
慢惊咬牙眼不开，四肢掣跳脾虚是，
八卦三关五十通，天门指节数番治，
补肾五十十走磨，天心揉之风乳忌。
急惊捏拳四肢掣，口歪惊主感风寒，
一十三关五十腑，补肾推横五十完，

运卦走磨加二十，威灵掐穴汗漫漫，
推时更用葱姜水，洗口灯心忌乳寒。
弯弓惊主肢向后，肚仰上哭不出声，
痰积三关推二十，五十须当把肺清。
入水走磨加数次，一十天门入虎真，
麝香水推荷洗口，百草霜敷治噤声。
眼睛向上天吊惊，哭声大叫鼻流清，
清肺推关并运卦，推横补土又分阴。
各加五十无差别，走磨二十掐天心，
推用葱姜尤忌乳，宗因水唬致惊深。
内吊咬牙苦寒战，掐不知疼食后寒，
推关清肾仍清肺，补土五十一般般。
天门虎口加二十，摘果猿猴半百完，
推用麝香甘草洗，忌风生冷乳兼寒，
胎惊落地或头软，口噤无声哑子形，
胎毒推关兼补肾，补土清金半百勤。
横文二十威灵掐，虎口天门数次灵，
灯火顶头烧一燋，涌泉一燋便安宁，
葱姜推后应须退，不退应知是死形。
月家惊撮口拿拳，眼红不响抹三关，
横文阴阳皆二十，运卦清金半百玄。
取土入水运数次，指节数次二人连，
葱姜推后灯芯洗，蛤粉敷两太阳边。
盘肠气喘作膨胀，人形瘦弱肚筋青，
脏寒运卦推关上，指节横文补肾经，

补脾五十天心掐，外劳揉之立便轻，
艾饼敷脐葱水抹，麝香搽向脚中心。
锁心惊主鼻流血，四肢冷软火相侵，
推关补肾天河水，运卦天门五十真。
清肺分阴各二十，米泔洗口麝香淋，
蛤粉细研搽两额，还敷手足两中心。
鹰爪掐人眼向上，哭时寒战眼时光，
肺风被吓仍伤食，二十三关分阴阳，
清金补土横文等，各推五十用生姜，
走磨入土皆数次，取肝灯芯洗口汤。
撒手惊主手足掣，咬牙歪口被风吓，
心热推关二十通，运卦资脾加半百，
横文指节及天门，各加数次为准则，
走磨一十葱姜推，取汗微微惊自歇，
仍将蛤粉搽手心，洗口茱萸须记得。
袒手惊主手袒下，眼黄口黑面紫青，
舌动只因寒水唬，五十三关把肺清。
补肾横文入虎口，八卦天河半百经，
入水数次姜推汗，麝香敷向涌泉真，
洗口细茶忌风乳，却能起死致安宁。
看地惊主眼看地，手掐拳时心热真，
八卦横文皆五十，三关一十掐天心，
虎口板门皆数次，葱姜洗口用灯芯。
(《小儿推拿方脉活婴秘旨全书·卷一·二十四惊推法歌》)

## 杂症推拿歌

吐逆四肢冷肚响，吐乳须知胃有寒，
三关水火各二十，清金清肾四横纹。
八卦各皆加半百，数次天门虎口完，
十揉斟肘椒葱汁，茱萸蛤粉脚心安。
肚痛三关推一十，补脾二十掐窝风，
运卦分阴并补肾，揉脐入虎口中心，
各加五十掐指节，斟肘当揉二十工，
艾敷小肚须臾止，虎口推完忌乳风。
火眼三关把肺清，五经入土捞明月，
各加二十斟肘十，清河退腑水阳穴，
五十横文十戏珠，两次天河五指节。
气肿天门是本宗，横文水肿次详阅，
虚肿肚膨用补脾，此是神仙真妙诀。
黄肿三关并走磨，补肾皆将二十加，
补土横文皆五十，精灵一掐服山楂，
推时须用葱姜水，殷勤脐上麝香搽。
走马疳从关上推，赤凤阴阳一十归，
清河运卦兼捞月，各加五十麝香推，
烧过倍子同炉底，等分黄连作一堆。
头痛一十向三关，清土分阴并运卦，
横文及肾天河水，太阳各安五十下，
阳池一掐用葱姜，取汗艾叶敷顶上。
痰疟来时多战盛，不知人事极昏沉，

阴阳清肾并脾土，五十麝香水可寻，
走磨横文各二十，桃叶将来敷脚心。
食疟原因人瘦弱，不思饮食后门开，
一十三关兼走磨，补土横文五十回，
斟肘一十威灵掐，上马天门数次归。
邪疟无时早晚间，不调饮食致脾寒，
上马三关归一十，补脾补肾掐横文，
五十推之加斟肘，威灵三次劝君看，
阴阳二关须详审，走气天门数次攒。
白痢推关兼补脾，各加五十掌揉脐，
阴阳虎口仍揉肘，二十清肠取汗微，
葱姜少用揉龟尾，肚痛军姜贴肚皮。
赤痢三关推一十，分阴退腑及天河，
横文五十皆相等，揉掌清肠龟尾摩，
半百各加姜水抹，黄连甘草起沉疴。
痢兼赤白抹三关，阴阳八卦四横文，
龟尾大肠揉掌正，揉脐五十各相安，
葱姜推罢忌生冷，起死回生力不难。
痞痢推关补脾土，五节横文二十连，
退腑一百盐揉否，螺蛳艾叶及车前，
细研敷向丹田上，白及将同牛肉煎。
热泻推肠退六腑，八卦横文及掌心，
揉脐五十同清肾，姜水推之立便轻。
冷泻推关及大肠，运卦分阴补肾乡，
各加五十推姜水。走磨指节并脐旁，

掌心数次同龟尾，此是先贤治泻方。

伤寒潮热抹三关，六腑阴阳八卦看，

清肾天河加五十，数次天门入虎钻，

五指节当施五次，葱姜推罢立时安。

吐法天河捞明月，数番六腑五指节，

螺蛳苜蓿贴丹田，大泻大肠真妙诀。

小便不通用蜜葱，作饼敷囊淋自泄，

若将捣烂贴丹田，此法能通大便结。

（《小儿推拿方脉活婴秘旨全书·卷一·杂症推拿歌》）

## 验症加减法

小儿初生月，胸膈手频翻，此病号领膈，父母惜儿难。

心中有痰，气不转，面黄，眼直视，不食，肚上青筋，用滚痰丸一行，随用石膏烧末，蜜汤下。

小儿初生月，肢体瘦无涯，头角毛稀少，原因鬼主胎。

小儿初生月，七吼血流鲜，指甲唇毛缺，胎中损莫收。

小儿初生月，两眼烂其弦，此症胎中热，惊风最是先。

此肝经有热，眼目赤肿，鼻气急，口吐涎痰，先服滚痰丸；后用寒水石方、四黄散治之，切不可点。

小儿初生月，啼哭作鸦声，泻下如蓝色，胎中更积惊。

此心中有惊，拿十二经络，服镇惊丸，薄荷汤下。后用桃红散、灯心汤下。

小儿初生月，吐浮热中胎，不识常乳哺，原因是吐来。

此儿受寒，眼目青，四肢冷，先吐、后泻，用通关散吹入鼻中；次用捉虎丹治上；泻后，用平胃散治下。

小儿翻吐后，搐热气长吁，此病知医疗，其原号胃虚。

此体弱，元气虚，不思饮食，肌肉不生，益黄散治之。

小儿惊吐后，食物不过喉，目定浑身肿，看看命不留。

小儿惊热重，吐泻后心烦，赤点连皮肿，医人仔细看。

吐泻后，热泄，阳发在外，不能退热，先拿经络；后用姜汤磨滚痰丸。定搐用通关散吹入鼻中。

小儿初得病，体热目皮张，父母忧惊死，医人见识长。

拿左手、右足，用通关散吹之。

小儿惊积后，最要补肠中，此病虚中积，久病更加脓。

肚腹溏泄无常，有积，滚水下千金丸，后用平胃散补之。

小儿惊泄久，眼馒困沉沉，手足时加搐，良医谓慢惊。

泄久脾虚，睡卧不醒，属内寒矣，与急惊相似，不可用凉药。用姜汤磨牛黄丸，后用益黄散治之。

小儿惊泄后，偃蹇若风瘫，此气为中疗，医人仔细看。

此症难识，先用通关散吹之，不开，不治；开则用降痰丸治下。

儿小沉久病，慢慢患无时，欲死频来去，经云号慢脾。

眼目望上，即同天吊惊风，先服滚痰丸，后用寒水石治之。

小儿惊风重，走注四肢瘫，作热时加搐，惊来泪不干。

四肢无力，日夜啼哭，拿十二经络，用灯芯汤送牛黄丸。

小儿肠冷后，时热复加惊，咳嗽痰成壅，看看啼没声。

眼珠黄，心中痰结，声气闭塞，用黄荆子汤下滚痰丸。

热退，用伏龙肝煎汤，下山豆根、青礞石，即愈。

小儿初生月，噤口病非轻，吃乳频吐沫，须令父母惊。

此名噤风：口噤，眉蹙，面红，大声。三日去脐，作脐风论。

风在皮，无药治之。

小儿初生月，腹紧哭声长，此气胎中受，经云号锁阳。

此腹紧，作夜啼，用灯心膏汤治之。

小儿初生月，舌缩哭声沉，愚者何能识，惊痰上锁心。

此痰与积病相同，用滚痰丸治之。

（《小儿推拿方脉活婴秘旨全书·卷一·验症加减法》）